LE PROPHÈTE FOU DE DRYDEN

DU MÊME AUTEUR
CHEZ LE MÊME ÉDITEUR

N° 1 : LA HACHE DE BRONZE
N° 2 : LE GUERRIER DE JADE
N° 3 : LES AMAZONES DE THARN
N° 4 : LES ESCLAVES DE SARMA
N° 5 : LE LIBÉRATEUR DE JEDD
N° 6 : LE MAUSOLÉE MALÉFIQUE
N° 7 : LA PERLE DE PATMOS
N° 8 : LES SAVANTS DE SELENA
N° 9 : LA PRÊTRESSE DES SERPENTS
N° 10 : LE MAÎTRE DES GLACES
N° 11 : LA PRINCESSE DE ZUNGA
N° 12 : LE DESTRIER DORÉ
N° 13 : LES TEMPLES D'AYOCAN
N° 14 : LES RÊVEURS DE XURA
N° 15 : LA TOUR DES DEUX SAGESSES
N° 16 : LES MERS DE CRISTAL
N° 17 : LES CHASSERESSES DE BREGA
N° 18 : L'ÉCHIQUIER VIVANT DE HONGSHU
N° 19 : LES RAVAGEURS DE THARN
N° 20 : LES BARBARES DE SCADOR
N° 21 : LES CONSACRÉS DE KANO
N° 22 : L'EAU DORMEUSE DE DRAAD
N° 23 : LES CINQ ROYAUMES DE SARAM
N° 24 : LES DRAGONS D'ANGLOR
N° 25 : LA TRIBU ROUGE DES KARGOIS
N° 26 : LES ANDROÏDES DE MAK'LOH
N° 27 : LA COURTISANE DE DAHAURA
N° 28 : LE MAGICIEN DE RENTORO
N° 29 : LE TYRAN DE TARGA
N° 30 : LE MALÉFICE DU NGAA
N° 31 : LES GLADIATEURS DE HAPANU
N° 32 : LES RÉVOLTÉS DE MYTHOR
N° 33 : LA FORÊT CARNIVORE DE JAGHD
N° 34 : LES DESCENDANTS DES MAÎTRES DU CIEL
N° 35 : LES SEPT DUCHÉS DU FLEUVE CRAMOISI
N° 36 : LA VENGEANCE DU MAÎTRE DU CIEL
N° 37 : LA CAVERNE DE L'IDOLE
N° 38 : LES AÉRIENS DE K'TAR
N° 39 : LES DIEUX DE LA MORT LENTE
N° 40 : LES MANGEURS D'HOMMES D'ILETROIS
N° 41 : LES CHEVALIERS-DRAGONS DE KHARM
N° 42 : LES ADORATEURS DE DSCHUBBA
N° 43 : L'EMPEREUR DE WORAD
N° 44 : LES HORDES DU GRAND OCÉAN
N° 45 : LES LÉGIONS DE KORUM
N° 46 : L'ÉMERAUDE DE JOKKUN
N° 47 : LES DEUX REINES DE DRAKO
N° 48 : LES ZOMBIES DE VIKKA
N° 49 : L'AMBASSADRICE DES KHUNS

JEFFREY LORD

BLADE

LE PROPHÈTE FOU DE DRYDEN

PLON

ISBN : 2-259-01386-4

CHAPITRE PREMIER

La fille s'appelait Angela et était originaire d'une de ces républiques bananières dont l'Amérique Centrale a le secret. Accessoirement, c'était une belle brune pulpeuse — pour prendre un cliché bien connu — qui avait l'air d'avoir du tempérament et dont le regard noir laissait présager une nuit pleine d'ivresse... C'était le genre de chose que Blade savait détecter bien plus tôt que la plupart des hommes. Une sorte de sixième sens que ne semblait pas partager, d'ailleurs, l'espèce de jeune cadre dynamique de la table d'à côté, lequel n'avait pas encore remarqué l'ennui qui se peignait sur le visage de sa compagne depuis qu'ils étaient arrivés dans le restaurant.

Blade prit la bouteille de bourgogne et remplit leurs verres, tout en souriant à la jeune femme. Puis son regard se porta machinalement vers le fond de la salle et il vit l'un des garçons hocher la tête et jeter un coup d'œil dans sa direction. Et il eut le pressentiment qu'il ne connaîtrait jamais les charmes, à peine voilés, de sa dernière conquête...

Il ne s'était pas trompé : le garçon se dirigea vers leur table et lui glissa un mot à l'oreille. Le téléphone... Blade poussa un soupir d'agacement et s'excusa auprès de sa compagne avant de se lever et de suivre le garçon en direction de la réception.

Quelques secondes plus tard, il sut que sa soirée était bel et bien à l'eau.

— Puis-je vous demander, Monsieur, de me faire au moins la grâce de me laisser finir mon repas ? demanda-t-il d'une voix pincée à son interlocuteur. Je ne pense pas quand même que Lord Leighton en soit à une heure près...

A l'autre bout de la ligne, J, le chef anonyme des Services secrets britanniques eut un petit rire.

— A ce que j'ai pu comprendre, je vais déjà briser le cœur d'une jeune dame et, croyez-moi, je n'ai pas l'intention de vous faire passer en plus pour un mufle, mon cher Richard... Allez-y, dînez tranquillement. Lord Leighton pourra dire tout ce qu'il voudra, il ne pourra pas commencer sans vous !

Expliquer ce subit changement de programme à Angela ne fut pas une mince affaire et, jusqu'à la fin du repas, Blade eut la désagréable impression que sa compagne n'avait plus qu'une hâte : quitter les lieux.

Lorsqu'ils se séparèrent à la sortie du restaurant, Blade maudit intérieurement les responsables du Projet DX chez qui les projets de missions semblaient plus tenir de la lubie passagère que du plan mûrement réfléchi à l'avance.

Ce ne fut qu'en arrivant enfin près des sinistres murailles de la Tour de Londres que Blade finit par retrouver une partie de son calme. En s'en rendant compte, il se dit que l'excitation d'une nouvelle plongée dans l'inconnu devait y être pour quelque chose...

Comme à l'accoutumée, les hommes de la Special Branch contrôlèrent son identité avec un empressement de chiens de chasse. Blade aurait pu parier qu'ils n'auraient pas hésité à recommencer leur manège s'il s'était représenté au même endroit ne serait-ce qu'un quart d'heure plus tard. A croire qu'une légion de simulacres de lui-même était en train de rôder autour des laboratoires ultrasecrets de Lord Leighton, l'inventeur génial du voyage interdimentionnel.

« Et organisateur des soirées les plus ratées de tout Londres... », se dit Blade en entrant dans l'ascenseur qui menait au cœur du Projet DX.

Les portes de l'ascenseur s'évanouirent dans un souffle et Blade se retrouva une fois de plus dans la grande salle des ordinateurs, un ensemble informatique qui engloutissait les millions des livres sterling à une vitesse qui aurait déclenché des émeutes si cela s'était su dans le public. Une guerre des Malouines par an serait sans doute revenue moins cher au contribuable britannique...

— Croyez que je suis vraiment désolé..., fit J en venant serrer la main à Blade.

Celui-ci regarda le vieil homme aux airs de gentleman-farmer et hocha la tête.

— C'est ce que vous dites à chaque fois, Monsieur, si je puis me permettre, fit-il avec une trace d'amusement dans la voix. Mais je suppose que vous, au moins, vous êtes sincère, n'est-ce pas ?

J lui tapota l'épaule.

— Ce qui laisse sous-entendre que ce ne serait pas le cas de tout le monde ici, murmura-t-il avec un air de conspirateur.

Blade prit un air énigmatique et jeta un coup d'œil au fond de la salle bourdonnante. Il s'aperçut alors que Lord Leighton, la cible de leurs sarcasmes, avait fait pivoter son fauteuil roulant et les fixait sans rien dire, depuis quelques instants.

— Et quand je pense que j'ai sacrifié vie et gloire pour entendre des jérémiades du matin au soir ! s'écria enfin le vieux savant au corps déformé par la maladie.

Blade poussa un soupir au moment où le fauteuil électrique fila dans leur direction. Le caractère de Lord Leighton était aussi exécrable que son génie fabuleux et ses colères auraient rejoint celles de Toscanini dans la légende si la raison d'Etat ne l'avait pas privé d'une gloire internationale plus que méritée.

— Et qu'est-ce qu'une vulgaire soirée avec je ne sais quelle créature lubrique peut bien peser en face de votre devoir de citoyen anglais ! continua le vieillard après avoir stoppé son fauteuil à un mètre des deux hommes. Je vous offre des voyages comme personne n'en a jamais fait, aux frais de l'Etat, et à chaque fois que je vous convoque ici, j'ai l'impression que vous allez déposer un préavis de grève ! Je...

J se retourna et posa une main bienveillante sur l'épaule de Lord Leighton.

— Calmez-vous, vieil ami, dit avec douceur le chef du MI-6. Vous allez finir par proférer des paroles qui dépasseront votre pensée. Vous savez aussi bien que moi que Richard est notre meilleur agent et qu'il brûle d'envie d'explorer les mondes où vos appareils s'amusent à l'envoyer et ne lui en voulez pas d'être sensible à des plaisirs qui ne sont plus de notre âge...

Les paroles de J coupèrent net l'accès de colère du vieil homme qui finit par se décider à serrer, à contrecœur, la main de Blade. Puis le fauteuil fit à nouveau demi-tour et Lord Leighton repartit vers ses seuls vrais amis au monde : ses ordinateurs.

— Je crois qu'il est temps pour vous

d'aller vous préparer, fit le chef des Services secrets à Blade.

Celui-ci acquiesça et se dirigea vers le petit vestiaire installé dans un coin de la salle. L'entraînement aidant, il ne lui fallut que quelques instants pour se changer et ressortir vêtu de son treillis de combat serré à la taille par un ceinturon auquel étaient fixés un sabre et une hachette. Ceci sans compter le poignard commando passé dans une gaine fixée à l'intérieur de sa rangers droite. Blade aurait bien voulu partir avec des armes plus sophistiquées mais l'apparition d'un revolver ou d'un fusil d'assaut dans un univers trop primitif pourrait avoir des conséquences incalculables et la direction du Projet DX avait décidé une fois pour toutes que Blade devrait se contenter d'armes blanches. Des armes qu'il maniait d'ailleurs avec une efficacité redoutable...

Une fois installé dans le fauteuil de la cabine de translation, Blade avertit Lord Leighton qu'il était prêt. Le vieux savant pianota sur la console et la structure grillagée suspendue au-dessus de la tête de Blade descendit lentement autour de lui. Bientôt, il se retrouva comme mis en cage. Un déclic indiqua que la cabine était parée.

J lui souhaita bonne chance et Blade lui répondit par un sourire un peu crispé : il avait beau avoir fait le « grand saut » plusieurs dizaines de fois, il ne pouvait s'empêcher d'éprouver une certaine appréhension à l'idée de savoir que son corps allait être désintégré en une poussière d'atomes par les énormes ordinateurs enfouis sous la Tour de Londres. La translation interdimensionnelle était un état bien trop proche de la mort physique pour qu'on la prenne à la légère...

Les mains tordues de Lord Leighton repartirent à l'assaut des boutons de la grande console centrale. Le bourdonnement qui imprégnait constamment l'air de la salle grimpa soudain de plusieurs degrés pour devenir presque insupportable. Puis la vue de Blade commença à se brouiller. Son corps fut pris de tremblements et, tout à coup, les murs blancs de la salle des ordinateurs s'évanouirent autour de lui.

Le néant l'accueillit dans une explosion de douleur.

CHAPITRE II

L'horrible torture qui s'acharnait sur Blade à chacune de ses plongées dans le vide interdimensionnel fut une nouvelle fois au rendez-vous, s'attaquant à chaque atome de son corps. Il fallait être un surhomme pour endurer une telle douleur et il n'était pas difficile de comprendre pourquoi ceux qui avaient précédé Blade sur le chemin des Dimensions X y avaient contracté une folie furieuse. Quand ils avaient eu la chance de revenir...

L'impression de chute parut durer encore des siècles. Puis elle se ralentit progressivement et les particules qui composaient le voyageur du néant finirent par se réunir à nouveau pour rendre à celui-ci son existence première.

Blade sentit que son esprit reprenait le contrôle de son corps. Une seconde plus tard, il se rematérialisa à quelques mètres au-dessus du sol. Ses réflexes bien rodés le firent se mettre en boule et il roula sans dommage sur le sable clair de la dune qui venait de stopper sa chute.

Blade se remit rapidement de son arrivée mouvementée. Il n'eut besoin que d'un instant pour se relever et entreprendre l'escalade de la dune. Le sable était coulant et il eut du mal à grimper jusqu'en haut de la pente. Quand il y parvint, son premier acte fut de scruter l'horizon pour avoir une idée de l'endroit où il était tombé.

Il eut vite fait d'être convaincu que les ordinateurs de la Tour de Londres auraient pu être plus inspirés... Partout, aussi loin que pouvait porter le regard, ce n'était qu'un océan de sable, un océan dont les dunes auraient été les vagues figées. Et, comme si ce n'était pas assez, il fallait aussi ajouter un soleil assez ardent pour faire frire un œuf sur le sol.

Blade se racla la gorge. Vouloir marcher dans une telle fournaise serait de la folie furieuse et mieux valait pour lui d'attendre la nuit. Il redescendit donc de son poste d'observation en empruntant l'autre versant de la dune que la course du soleil dans le ciel bleu électrique commençait à laisser un peu dans l'ombre.

Une fois en bas, Blade tira son sabre et s'en servit pour se creuser un trou. S'il avait escompté trouver un début de fraîcheur, il en fut pour ses peines : à un mètre de profondeur, le sable était toujours aussi chaud et aussi sec qu'en surface...

Blade dut donc se résoudre à s'asseoir au fond du trou qu'il venait de faire et à attendre que la nuit vienne, tout en essayant de dépenser le moins d'énergie et de sueur possible. Et avec la certitude qu'il aurait du mal à passer ne serait-ce qu'une seule journée de plus sous les feux d'enfer du soleil local.

Celui-ci déclina avec une lenteur exaspérante et sans que la chaleur ne semble descendre d'un degré. La gorge de Blade devint rapidement une annexe du désert qui l'entourait. Puis, ce fut enfin le crépuscule et, pour la première fois, Blade sentit décroître l'agression thermique qu'il endurait depuis des heures. Il sortit alors de son trou, remit ses rangers et reboucla son ceinturon. La longue marche de la nuit allait commencer.

Incapable de se diriger correctement dans un monde qu'il ne connaissait pas, Blade était parti au hasard, se fiant à sa chance et à son intuition.

Au bout de quelques heures de marche épuisante dans le sable mou, la seule chose qui avait vraiment changé était la température qui n'avait cessé de tomber au fur et à mesure que s'installait la nuit. Ce désert inconnu n'échappait pas à la terrible variation thermique dont étaient victimes ses lointains cousins de la Terre. La fournaise diurne avait laissé la place à un froid vif que le treillis de combat n'arrivait pas à contenir totalement...

Blade continua néanmoins à marcher, faisant un effort sur lui-même pour ne pas penser à la soif et au froid. Les dunes succédèrent aux dunes sous le regard goguenard de la lune rousse dont la lumière tamisée éclairait le paysage moutonneux du désert.

Finalement, l'aube commença à pointer à l'horizon. Sans que Blade ait aperçu quoi que ce soit d'autre que du sable. L'arrivée du jour provoqua chez lui une vague de découragement, accentuée par l'épuisement physique qui s'était emparé de lui. La soif s'était faite dévorante au fil des heures, à tel point que Blade sentait sa langue enfler dans sa bouche desséchée.

Il s'arrêta et ferma les yeux. Des taches de lumière se mirent à virevolter derrière ses paupières douloureuses. Les lucioles disparurent lorsqu'il les rouvrit. Devant lui s'étendait la pente d'une nouvelle dune, plus haute que les autres et dont le sommet se découpait sur le ciel déjà presque bleu.

Blade resta quelques instants à fixer la colline de sable en se demandant s'il allait trouver assez de ressources en lui pour en faire l'ascension. Il puisa alors les dernières

Un peu plus tard, une jeune femme vêtue d'une longue robe à manches larges entra sans bruit dans la case, refermant la porte avec précaution derrière elle. Elle resta quelques instants immobile afin d'habituer son regard au manque de lumière.

L'étranger avait dû se réveiller, se dit-elle, car son corps n'était plus dans la même position.

Elle s'approcha sans bruit de Blade. Son regard sombre erra sur la forme allongée de l'homme qu'une des esclaves avait vu s'écrouler à la lisière de l'oasis. Ses origines la poussaient à aimer les hommes aux cheveux et au teint foncés mais elle ne pouvait s'empêcher d'éprouver une attirance soutenue pour cet étranger bâti en athlète, même si sa peau claire n'avait que peu de chose à voir avec les canons de la beauté en vigueur dans le Royaume de Khor. Encore que le visage carré et volontaire de l'inconnu aux cheveux bruns ne devait pas être étranger au trouble que ressentait la jeune femme. « Le visage et le reste... », songea-t-elle malgré elle en scrutant une nouvelle fois le corps nu.

Elle s'assit alors doucement sur le bâti de la couche. Sa robe fendue presque jusqu'à la hanche s'ouvrit dans le mouvement, dévoilant une cuisse superbe. Soudain, la jeune femme sentit un trouble bizarre s'emparer d'elle. Une chaleur irradia dans son corps et, comme mue par une force étrangère, sa main vint se poser sur la cuisse de l'homme endormi.

L'esprit de Blade vagabondait dans un univers informe où des dizaines de soleils rougeoyants et implacables tournoyaient dans un ciel d'apocalypse en dardant des rayons incendiaires qui embrasaient le sol autour de Blade.

Puis, quelque chose vint perturber cette vision infernale. Une touche de plaisir qui affaiblit immédiatement la puissance des rayons qui tombaient du ciel électrisé. La sarabande des soleils parut elle aussi freiner et le cauchemar se gomma peu à peu dans l'esprit enfiévré de Blade.

Celui-ci finit par entrouvrir les yeux. Lorsqu'il aperçut au travers de la fente séparant ses paupières un visage souriant de femme, il crut simplement être passé à un autre rêve, plus sympathique que le précédent... C'est alors que son corps enregistra une succession de sensations particulièrement agréables en provenance de son ventre, contraignant Blade à rouvrir les yeux. Et cette fois, il sut qu'il ne rêvait pas et que l'adorable créature à la peau caramel qui lui souriait faisait bel et bien partie du monde des vivants.

— Ne bouge pas et laisse-toi faire..., murmura la jeune femme sans cesser de sourire.

Blade remercia une nouvelle fois cette incroyable faculté que lui donnaient les ordinateurs de comprendre instantanément tous les langages des DX où il atterrissait. Il répondit donc par un hochement de la tête et se détendit, abandonnant son corps aux caresses de plus en plus excitantes de la mystérieuse jeune femme aux cheveux noirs coupés à la garçonne.

Il sentit son membre se durcir rapidement et referma les yeux pour jouir au maximum des attentions de l'inconnue. Un silence tendu envahit la case, perturbé seulement par le souffle court de la jeune femme qui semblait hypnotisée par le sexe que malaxaient fiévreusement ses doigts. Soudain, elle fit jaillir l'extrémité gorgée de sang à l'air libre. Blade eut un petit sursaut de surprise puis sentit les lèvres de sa mystérieuse compagne se refermer autour de son gland, lequel fut immédiatement attaqué par une langue aussi experte que furieuse.

Incapable de réagir, Blade se laissa rapidement emporter par le plaisir qui déferlait en lui. Le ballet de la langue devint très vite insupportable et lorsque Blade jouit d'un seul coup dans la bouche de la jeune femme, celle-ci avala goulûment le sperme, avec une voracité de vampire, comme si elle cherchait à vider l'homme de sa substance.

Quand elle abandonna le sexe déjà détendu de Blade, celui-ci ne put s'empêcher de pousser un profond soupir. Il se releva ensuite sur les coudes et lança une œillade canaille à la jeune femme qui venait de s'essuyer les lèvres et le fixait maintenant droit dans les yeux.

— Pardonne-moi de ne pas avoir pu résister à l'appel de ton corps offert, étranger..., dit-elle d'une voix tendue. C'était bien trop tentant.

Blade eut un sourire.

— Pourquoi devrais-je te pardonner un si agréable réveil ? Qui es-tu ? Et où suis-je ? ajouta-t-il ensuite sur un ton subitement plus sérieux.

La jeune femme croisa les jambes et sa robe s'ouvrit assez pour que Blade se rende compte qu'elle était entièrement nue dessous.

— Ici, c'est l'oasis de Tenfhou, un des avant-postes du Royaume de Yelana. Quant à moi, je suis la princesse Tarra, fille du roi de Khor et future épouse de celui du Yelana... Ma caravane a fait escale à Tenfhou pour se ravitailler avant de reprendre le chemin de Randth, la capitale de mon nouveau pays. Et toi, d'où viens-tu ?

Blade se présenta et lui servit une fable à peu près crédible, racontant qu'il avait été abandonné par les caravaniers qui l'accompagnaient et dépouillé de tout son argent. La jeune femme parut accepter cette histoire, sans pour autant s'empêcher de faire remarquer à Blade qu'il avait eu une chance extraordinaire que ses voleurs l'aient abandonné assez près de l'oasis pour qu'il puisse s'en tirer de justesse. Elle lui fit aussi remarquer que ses vêtements étaient loin d'être ce qu'il y avait de mieux pour voyager dans le désert mais Blade éluda habilement la question en mettant tout sur le dos du sadisme de ses agresseurs.

La main de la princesse recommença à caresser distraitement le sexe de Blade, qui se redressa instantanément. Quand elle s'en aperçut, Tarra éclata d'un petit rire qui illumina son visage aux lèvres gourmandes.

— Je vois que tu reprends vite des forces, étranger ! s'exclama-t-elle en se relevant.

Sur le moment, Blade crut qu'elle allait partir. Mais la princesse avait d'autres idées en tête. Blade s'en rendit compte quand il la vit se baisser, empoigner le bas de sa robe et remonter celle-ci d'un coup au-dessus de sa tête, dévoilant ainsi un corps magnifique et irradiant une sensualité à laquelle Blade ne chercha même pas à résister.

Tarra se pencha vers lui et il empoigna à pleines mains les globes excitants des seins qui s'approchaient de lui, jouant immédiatement avec les bouts dressés. La jeune femme éclata de rire et se laissa tomber sur lui.

Blade passa un bon moment à explorer les monts et les vallées du corps de la princesse. A plusieurs reprises, ses doigts se perdirent dans les broussailles du triangle noir qui semblait désigner de sa pointe inférieure le chemin à suivre pour goûter aux chairs intimes de la jeune femme. A chacune de ces intrusions, Tarra se cambrait un peu plus, passant sa langue sur ses lèvres gourmandes. Visiblement, elle avait de plus en plus de mal à contenir la vague de plaisir qui était en train de la submerger tout entière...

Tout en la caressant, Blade se mit à l'embrasser le long du cou en insistant du bout de la langue sur le point sensible situé derrière le lobe de l'oreille. Puis sa bouche effleura les joues et l'aile droite du nez de la princesse. Les yeux de celle-ci — soulignés par de fins sourcils arrondis — se fermèrent et Blade l'entendit murmurer à son oreille de la prendre sur-le-champ.

Blade l'embrassa à nouveau et la fit rouler sur le dos. La poitrine de Tarra montait et descendait rapidement. Blade s'inséra entre ses cuisses ouvertes avant d'entrer doucement en elle.

***

L'oasis de Tenfhou représentait un cercle de verdure d'un peu plus de deux kilomètres de diamètre. D'innombrables arbres proches du palmier et une bonne douzaine de sources d'eau douce en faisaient un véritable paradis perdu au milieu de l'enfer désertique. Un paradis qui abritait un gros village devenu, au fil des siècles, un important carrefour commercial entre les royaumes de Khor et de Yelana : il devait bien s'y arrêter deux douzaines de caravanes par mois, en moyenne, et la place centrale de Tenfhou était un marché sans cesse en effervescence. La seule chose qui étonna Blade fut qu'il n'y avait aucune trace de fortifications, point d'autant plus bizarre à ses yeux que Tarra lui avait parlé à plusieurs reprises, depuis qu'ils avaient quitté la case, d'un très grave soulèvement religieux qui ravageait le sud du Yelana.

— L'explication en est simple, fit la jeune femme en montrant d'un geste circulaire les arbres et les plantations qui les entouraient. Une tradition ancestrale respectée par tous, interdit formellement d'attaquer une oasis. Ce sont des territoires neutres même s'ils appartiennent à tel ou tel royaume. Ces lieux sont bien trop importants pour qu'on prenne le risque de les ravager. Tous les coups sont permis dans le désert mais ici doit régner une trêve sans faille...

Blade regarda les bâtiments cubiques du village et les centaines de personnes vêtues d'espèces de burnous qui vaquaient tranquillement à leurs occupations. Le spectacle avait quelque chose d'idyllique et Blade regrettait presque de devoir déjà quitter ce havre de paix.

Mais la princesse avait décidé qu'il l'accompagnerait jusqu'à Randth, la capitale du Yelana. Blade avait compris à demi-mots que Tarra comptait bien prendre le maximum de bon temps possible avant de tomber dans les filets de son futur époux. Il faut dire que la princesse bénéficiait largement d'une croyance populaire locale qui voulait qu'être encore vierge après quinze ans était plutôt mauvais signe en matière de charme pour une jeune fille. Il n'y avait que les fanatiques de la province du sud pour prétendre le contraire mais il est vrai que ceux-ci avaient plus l'habitude de jouir dans le sang de leurs victimes que dans le ventre de leurs femmes...

CHAPITRE III

Par bien des aspects, les caravanes de cette Dimension X ressemblaient à celles de la Terre. Organisées en longues files indiennes, elles s'étiraient quelquefois sur plus d'un kilomètre, suivant les ondulations géantes des dunes. Mais si on s'en approchait, les différences apparaissaient vite.

Il y avait tout d'abord les animaux eux-mêmes qui n'avaient rien à voir avec les dromadaires, ni même avec le règne des mammifères : c'étaient d'énormes insectes noirs et brillants de la taille d'un bœuf. C'étaient des frères géants des coléoptères rhinocéros de la Terre et un flagrant démenti de la loi qui voulait que des insectes de cette taille soient écrasés sous leur propre poids. Le conducteur était installé à l'avant du thorax de la bête, en haut du corselet hérissé de petites protubérances chitineuses, et dirigeait sa monture grâce à des rênes fixés aux extrémités des deux cornes en V surgissant de la tête.

Le dos bombé de l'animal n'était guère propice à l'installation de fardeaux, aussi les habitants du désert préféraient-ils se servir des *oxys*, comme ils les appelaient, pour tirer des traîneaux à larges patins munis de sortes de quilles rétractables pour les empêcher de glisser sur les côtés lorsque le terrain était en pente.

La caravane de la princesse était composée d'une trentaine d'attelages de ce type transportant les gens de sa suite et la totalité de ses effets personnels. Le tout était protégé par des soldats montés sur une variété plus petite et plus rapide d'oxys. La chaleur infernale empêchait ces hommes de porter une armure mais tout dans leur attitude indiquait des soldats d'élite. Ils étaient armés d'arcs de bonne taille et de sabres à lames larges. Blade en compta environ deux cents et leur trouva fière allure dans leurs amples vêtements verts et noirs.

Le départ de l'oasis se fit dans une certaine tension car le chef d'une petite caravane venue du sud-est avait averti la princesse que des bandes armées de fanatiques aux ordres du Prophète Nazarn avaient été vues dans la région. Mais Lidjung, le commandant de l'escorte, déclara que ses hommes étaient en mesure de repousser sans problème ce genre d'attaque et qu'ils arriveraient sans encombre à la ville de

Kardyos, but de la caravane, pour y prendre le bateau qui amènerait la future reine auprès du roi de Yelana.

Blade, qui écoutait la conversation, ne fut pas rassuré pour autant : sa vieille expérience des combats lui avait enseigné qu'il n'y avait rien de pire qu'un chef imbu de sa propre puissance, même si, effectivement, les soldats de Lidjung avaient l'air d'être plutôt du genre efficace et bien entraîné. L'histoire des guerres était remplie de catastrophes pourtant jugées impossibles...

Pourtant, tout dès le départ parut donner raison au commandant de l'escorte. Les gigantesques insectes cuirassés purent entamer sans histoire leur long périple au travers du désert écrasé de soleil. Blade et Tarra avaient pris place dans un dais arrimé sur le dos du plus gros des oxys, lequel marchait lourdement en tête de la caravane. Derrière venaient les traîneaux transportant la suite de la princesse et ses affaires, puis ceux sur lesquels avaient été chargé le ravitaillement en eau et en nourriture. Et l'ensemble était protégé par les soldats de Lidjung qui s'étaient répartis en deux colonnes parallèles à la caravane.

Blade et Tarra avaient beau éviter tout geste déplacé en public, les rumeurs n'en allaient pas moins bon train autour d'eux, surtout parmi les dames de suite que la princesse avait tenu à amener de la cour de Khor. Pour en avoir saisi quelques-unes par hasard, Blade se rendit compte avec amusement — et satisfaction, il faut bien le dire — que la plupart de ces réflexions étaient surtout motivées par la jalousie et non par une quelconque défense de l'honneur du futur époux dont tout le monde, à commencer par Tarra elle-même, semblait se moquer comme de sa première chemise...

Pourtant, lors de la halte du soir Blade et la princesse évitèrent de faire couche commune, jouant ainsi un mauvais tour à ceux et celles qui avaient parié de l'argent sur le contraire. Il était également vrai que Blade ne tenait pas à s'aliéner le roi du Yelana, ce qui ne manquerait pas d'arriver si des rumeurs déplacées lui parvenaient à l'oreille : il aurait été stupide de gâcher une amitié précieuse pour satisfaire les évidentes tendances nymphomanes de la belle princesse à la peau brune...

***

Le deuxième jour de voyage débuta, lui aussi, sous de bons auspices, même si la chaleur paraissait encore pire que celle qui les avait agressés la veille. Il n'y avait que les insectes géants pour avoir l'air de s'en moquer : les oxys avaient repris la route sans s'émouvoir des attaques du soleil et leurs grandes pattes noires brassaient le sable brûlant avec l'obstination de la mécanique. A croire qu'il n'y avait rien de vivant en eux...

— J'avoue qu'il me tarde déjà d'arriver à Kardyos..., fit Blade en s'essuyant le front.

La remarque amusa la princesse qui était, elle, mieux armée naturellement contre les rigueurs du désert.

— Dans deux jours ce sera chose faite, étranger ! Et tu pourras te vautrer dans les eaux du Tyrd pour y prendre le plus grand bain de ta vie !

Un instant, Blade se prit à rêver des berges du Tyrd en imaginant déjà la fraîcheur de l'eau contre son corps. L'illusion devint si forte qu'il eut soudain l'impression d'être transporté au bord du grand fleuve qui partageait le Yelana en deux, un peu comme le Nil en Egypte.

Il était en train de se laisser aller, les yeux fermés, quand il sentit tout à coup la main de Tarra se refermer avec force sur son avant-bras. Il sursauta.

— Il se passe quelque chose..., dit la princesse. Regarde, là, devant !

Blade vit que Lidjung, parfaitement reconnaissable à son turban rouge, venait d'ordonner à la caravane de faire halte. Les conducteurs obéirent promptement et les énormes insectes noirs stoppèrent avec une discipline qui en disait long sur l'habileté de ceux qui les dirigeaient.

Puis Lidjung abandonna le soldat avec qui il venait de parler et poussa son oxy vers le dais de la princesse.

— Votre Seigneurerie, jeta-t-il en maintenant sa monture hexapode à bonne distance, un des éclaireurs vient de m'avertir qu'une troupe armée se trouve devant nous, à une heure de marche à peine.

Tarra jeta un rapide coup d'œil inquiet à Blade.

— Combien sont-ils ? demanda-t-elle au commandant de l'escorte.

Le visage anguleux de Lidjung se ferma.

— Au moins deux fois plus nombreux que nous, Votre Seigneurerie. Et l'éclaireur pense que ce sont des créatures de ce démon de Nazarn...

La nouvelle se répandit comme une traînée de poudre tout au long de la caravane et déclencha un début de panique parmi la suite de la princesse car tout le monde savait comment les fanatiques de Zanthun traitaient les femmes qui ne suivaient pas les principes édictés par le prophète fou de la province du sud.

— Ils viennent vers nous, poursuivit Lidjung. Ils ont dû nous repérer eux aussi.

La princesse jeta un coup d'œil derrière elle et vit que le reste de la caravane était comme tétanisée par l'angoisse.

— Alors, préparons-nous à combattre, Lidjung ! s'exclama-t-elle. Et que les Dieux soient avec nous...

Le commandant acquiesça puis hurla aux conducteurs des oxys de se regrouper en haut de la grande dune que la caravane était en train d'escalader afin d'avoir au moins l'avantage de tenir une position en hauteur.

Les gros insectes se hissèrent avec une certaine facilité au sommet de la colline de sable et y formèrent une sorte de rectangle très allongé. Les quilles des traîneaux furent sorties au maximum de manière à ce que les véhicules ne glissent pas sur le côté. Entre-temps, tous les passagers étaient descendus et s'étaient regroupés à l'abri du mur de défense composé par les traîneaux et les oxys. Les insectes géants ramenèrent sous eux leurs grandes pattes et se transformèrent en masses de chitine noire insensibles aux flèches.

A peine la manœuvre était-elle terminée que les guetteurs annoncèrent que les soldats de Nazarn étaient en vue.

Tarra appela Lidjung qui était en train d'organiser la défense.

— Commandant, il va falloir que vous fassiez le nécessaire pour avertir les troupes du Yelana de ce qui nous arrive !

— J'ai déjà fait préparer un *sakki*, répliqua Lidjung. Si Votre Seigneurerie veut prendre la peine de rédiger le message...

Tarra prit le morceau de parchemin que lui tendait le soldat et griffonna rapidement quelques mots dessus. Puis elle appela une de ses dames de compagnie qui lui apporta son sceau personnel.

Lidjung prit le message et alla à l'un des traîneaux. Là, il ouvrit une des six petites cages qui s'y trouvaient et empoigna une espèce de chauve-souris ocre. L'animal se débattit comme un beau diable tout en poussant des piaillements de colère mais la main experte du commandant eut tôt fait de fixer le message à une de ses pattes arrière.

Un instant plus tard, Lidjung jetait le sakki en l'air. La chauve-souris du désert cria une dernière fois puis se décida à prendre de l'altitude. Il ne lui fallut que quelques dizaines de secondes pour disparaître complètement dans le ciel.

— Dans une poignée d'heures, il sera à Kardyos, murmura la princesse. Il a été dressé pour rejoindre cette ville quel que soit l'endroit d'où il a été lâché...

— J'espère que nous serons encore de ce monde quand les secours arriveront, fit Blade. Cela dit, ajouta-t-il en se retournant vers le commandant de l'escorte, je vous serais gré de bien vouloir me confier une arme car je n'ai pas l'intention de rester les bras croisés pendant que ces pillards vont tenter de nous transformer en chair à pâté !

— J'ai bien peur que ce soit autre chose que des pillards..., répliqua Lidjung en repoussant un peu son turban rouge. Ils m'ont l'air trop bien renseignés pour ne pas avoir une autre idée en tête...

Les narines de Tarra furent prises d'un frémissement involontaire.

— Vous voulez dire qu'il y a un traître parmi nous ?

Ce fut Blade qui répondit à la place du soldat.

— Cela m'étonnerait qu'il soit encore là. Mais je suis d'accord avec le commandant quand il dit que le pillage n'est pas leur but. Ou tout au moins pas leur but *principal*...

— Ce qui signifie ? fit Tarra avec un mauvais pressentiment.

Blade se détourna légèrement et scruta l'horizon. Juste à temps pour apercevoir les premières bannières surgir au-dessus de la dune suivante.

— C'est à vous qu'ils en veulent, princesse. J'ai du mal à imaginer qu'on ne vous ait pas mieux protégée.

Lidjung, prenant cela pour une insulte, fit un pas en avant et jeta un regard noir à cet étranger qui se mêlait de ce qui ne le regardait pas.

— Personne ne savait que ces chiens étaient remontés jusque-là ! Et sache que j'ai pris ce que le roi de Khor a bien voulu me donner comme soldats, avec l'accord du roi du Yelana !

Blade lui fit signe de se calmer.

— Je ne t'ai pas mis en cause. Et, de toute façon, il est trop tard pour discuter, dit-il en montrant la ligne de soldats qui était en train de se former sur la crête de la dune voisine. Maintenant, oui ou non, vas-tu me faire donner une arme ?

Les mâchoires du commandant se serrèrent. Il se retourna et cria à un de ses hommes de lui apporter un sabre.

Blade prit l'espèce de badelaire dont le bout était large comme sa main et le soupesa en connaisseur.

— Combien de temps faudra-t-il à une colonne de secours pour nous rejoindre ? demanda-t-il soudain à Lidjung qui le regardait prendre contact avec le gros sabre.

Le commandant poussa un soupir d'énervement.

— S'ils partent sur-le-champ, ils seront là dans moins de deux jours...

Blade hocha la tête et lança un regard désabusé à la princesse :

— Eh bien, j'espère que vos Dieux ne nous laisseront pas tomber car, croyez-moi, on va plutôt avoir besoin d'eux dans les heures qui viennent...

CHAPITRE IV

Les hommes de Nazarn, le prophète fou de Zanthun, eurent tôt fait d'encercler complètement la position tenue par la caravane khorienne.

Lidjung avait fait descendre tous ses soldats de leurs montures et les avait regroupés à l'intérieur du quadrilatère délimité par les traîneaux et les oxys. Le tout formait une muraille de bois et de chitine de presque deux mètres de haut sur autant d'épaisseur.

Les hommes peinaient un peu sous le soleil implacable. Seul le dais de la princesse formait un abri contre l'agression des rayons solaires. Lidjung avait voulu faire déplier une partie des toiles de la caravane mais Blade s'était empressé de lui faire remarquer que ce serait avantager les assaillants au cas où ceux-ci attaqueraient avec des projectiles enflammés.

Pendant ce temps, les soldats avaient sorti leurs arcs et s'étaient installés derrière leur muraille de fortune, attendant avec anxiété que les autres passent à l'attaque.

Les Nazarnis — comme ils s'étaient eux-mêmes nommés depuis le début de leur rébellion contre le pouvoir central de Randth — ne se pressèrent pas pour faire leurs préparatifs. Ils savaient qu'ils avaient le temps pour eux ainsi qu'un avantage évident en matière d'effectifs. Ils avaient aussi un autre atout d'importance que Blade fut le premier à remarquer.

— As-tu vu leurs arcs ? dit-il à Lidjung qui passait près de lui.

Le commandant écarta un des soldats et jeta un coup d'œil dans l'espace laissé entre un oxy et son traîneau. Quand il aperçut les arcs de presque deux mètres de haut que sortaient les Nazarnis des étuis fixés aux dos de leurs montures insectoïdes, il comprit ce que Blade voulait dire.

— Avec ça, ils ne vont avoir aucun mal à nous tirer dessus tout en restant hors de portée..., souffla-t-il d'une voix rageuse.

— C'est bien ce que je crains, répondit Blade. Cela dit, leurs munitions ne sont pas éternelles et il faudra bien qu'ils viennent nous chercher ici !

Un instant plus tard, les premières flèches enflammées s'envolèrent en direction du camp retranché.

Les Nazarnis étaient de bons tireurs. De plus, ils bénéficiaient d'une cible difficile à manquer en raison de sa taille et de l'absence totale de vent.

Une vingtaine de traits partirent de chacune des deux lignes adverses et vinrent s'abattre parmi les assiégés. Plusieurs flèches ripèrent sur les carapaces des oxys repliés sur eux-mêmes. D'autres se fichèrent dans le sable. Mais une bonne moitié atteignit son but, s'enfonçant dans le bois des traîneaux et dans les poitrines de cinq khoriens qui ne s'étaient pas assez mis à l'abri. L'un des projectiles passa très près de Tarra qui poussa un cri et vint se réfugier dans les bras de Blade. Celui-ci la fit se glisser sous le traîneau le plus proche et courut aider les soldats à retirer les flèches enflammées qui s'étaient fichées dans le bois des véhicules.

Les Nazarnis continuèrent à bombarder le camp retranché durant une bonne demi-heure, avant de s'arrêter brusquement et de sauter sur le dos de leurs oxys.

— Ils vont charger ! hurla un des soldats.

— Aux armes ! lança Lidjung. Archers, parez à tirer !

Le premier bombardement incendiaire avait tué une douzaine de Khoriens et en avait blessé autant. Plusieurs traîneaux avaient commencé à brûler mais les soldats de l'escorte étaient parvenus à éteindre les incendies. Seul le dais de la princesse n'était plus maintenant qu'une carcasse carbonisée.

Au cri du commandant, Blade finit

d'étouffer dans le sable un bout de bois enflammé et courut au rempart improvisé, après avoir ramassé au passage l'arc et le carquois de l'un des morts.

Quand il arriva à destination, les deux lignes des Nazarnis fanatisés venaient de se précipiter en hurlant pour prendre les assiégés en étau.

Les archers de Lidjung attendirent que les assaillants et leurs bannières couleur sang aient parcouru la moitié du chemin avant de tirer leur première volée de flèches. Les projectiles partirent en sifflant dans l'air surchauffé et cueillirent au vol un certain nombre d'agresseurs qui s'effondrèrent dans le sable. Un des porteurs de bannière fut également touché et, à peine avait-il glissé du dos de sa monture insectoïde qu'un de ses compagnons sautait de la sienne pour ramasser l'étendard et se remettre en selle. L'opération n'avait pas duré plus d'une dizaine de secondes.

Finalement, les deux lignes d'assaut s'attaquèrent aux pentes de la dune. Le sable mou ralentit les oxys ennemis et les archers du camp eurent juste le temps de recharger une fois de plus leurs armes.

Un essaim de flèches partit à nouveau semer la mort dans les rangs des fanatiques. Cette fois, l'une des bannières resta pour de bon au sol.

Lorsque les oxys nazarnis s'attaquèrent au rempart de bois et de chitine, Blade fut parmi les premiers à pousser un cri de guerre et à partir à l'assaut, sabre au clair. Il escalada le flanc du traîneau qui l'avait jusque là protégé et se retrouva nez à nez avec un Nazarni emmitouflé dans un burnous bleu clair. L'homme avait jeté en arrière son capuchon et Blade put voir son visage basané et triangulaire s'illuminer de terreur lorsque le gros sabre s'abattit sur lui. Le métal s'enfonça de plusieurs centimètres dans le crâne du fanatique qui éclata littéralement sous l'impact. Du sang, mêlé de cervelle, se répandit sur le vêtement de l'homme qui bascula sur le côté.

Jetant un bref coup d'œil autour de lui, Blade vit que les Nazarnis étaient sérieusement accrochés par les défenseurs du camp. Un chaos indescriptible, traversé de cris et de hurlements, s'était établi en l'espace de quelques instants. Les agresseurs se ruaient contre les traîneaux et les oxys roulés en boule avec une furie proprement inhumaine. Mais les hommes de Lidjung étaient des soldats d'élite et leurs coups manquaient rarement leurs cibles.

Blade avisa soudain la monture de celui qu'il venait de tuer et sauta sur le dos de celle-ci. Il faillit glisser mais réussit à rattraper les rênes poisseux de sang. Il eut juste le temps de dégager l'animal avant de se retrouver attaqué par deux Nazarnis. Blade avait observé comment se dirigeaient les insectes géants et fit bondir immédiatement sa monture en avant.

Surpris par la manœuvre, les deux Nazarnis durent s'écarter précipitamment. Blade poussa son oxy contre celui de droite et les pattes des deux animaux s'emmêlèrent quelque peu. Le fanatique poussa un cri. Il leva son sabre et sectionna une des pattes de la monture de Blade.

Celui-ci ne perdit pas de temps et, juste au moment où l'autre Nazarni l'attaquait sur son flanc gauche, il sauta sur l'oxy de celui de droite. Un moulinet implacable du grand badelaire alla taillader le visage du fanatique au niveau des yeux. Aveuglé, l'homme hurla à nouveau et se mit à donner des coups au hasard. Blade les esquiva sans peine et finit par lui asséner un coup de sabre à la gorge. Sous le choc, le Nazarni à moitié décapité fut projeté en arrière et tomba de sa monture.

Dans l'intervalle, l'autre agresseur de Blade avait lui aussi abandonné son insecte géant pour se jeter sur Blade. Celui-ci l'entendit arriver et se retourna d'un bloc, les bras tendus et le sabre à l'horizontale. Le coup, porté au jugé, cueillit le Nazarni à l'abdomen. La lame aiguisée comme un rasoir fut à peine freinée par l'épais tissu du burnous et ne s'arrêta qu'à l'intérieur du ventre du fanatique.

Le Nazarni ouvrit la bouche en grand, le souffle coupé. Blade ne lui laissa pas le temps de comprendre ce qui lui arrivait car il retira immédiatement le sabre de la bouillie sanguinolente des viscères éclatés. Il mit toutes ses forces dans le coup de grâce qui envoya à plusieurs mètres de là la tête sectionnée. Le jet de sang arrosa le sable entre les oxys mais Blade était déjà reparti à l'attaque contre un autre fanatique tout proche.

Ce premier assaut laissa les combattants des deux camps abasourdis. Ni l'une ni l'autre des parties n'avait cru à autant de résistance de la part de l'adversaire.

Lorsque les Nazarnis se retirèrent, ils laissèrent presqu'un quart de leurs effectifs — c'est-à-dire une centaine de morts et de blessés — sur les pentes de la dune et, même, à l'intérieur du camp retranché. Les Khoriens, qui avaient eux aussi subi de lourdes pertes, ne firent pas de quartier et égorgèrent tous les blessés qui étaient tombés entre leurs mains.

— Ce sont des chiens puants, expliqua Lidjung à Blade. Et puis, de toute façon, ils nous auraient fait la même chose s'ils l'avaient pu !

— Sauf à la princesse, bien sûr..., ajouta Blade.

— Je ne me laisserai pas prendre vivante, tu entends ? s'écria Tarra qui l'avait entendu. Plutôt me suicider que de tomber dans les mains de ces déments !

Blade l'arrêta d'un geste.

— Le suicide est, à quelques cas près, une des plus grandes stupidités qui ait jamais hanté l'esprit humain..., lui dit-il sur un ton excédé. La mort viendra toujours assez vite sans que tu lui facilites la tâche ! Alors, si jamais tout ça tourne mal, résiste et je suis sûr que le roi du Yelana finira par trouver un moyen pour te délivrer...

Sur ces mots, Blade planta là la princesse interloquée et alla aider à remettre les défenses en place en vue du deuxième assaut qui n'allait sûrement pas tarder, même si le crépuscule s'annonçait maintenant tout proche.

En fait, les Nazarnis attendirent que la nuit soit totale pour attaquer à nouveau. Cette fois, ils s'approchèrent lentement, toujours en ligne, et stoppèrent juste à la limite de la portée des flèches khoriennes. La lune rousse éclairait la scène d'une clarté d'outre-monde et les fanatiques ressemblaient à des spectres montés sur des animaux infernaux.

— Je n'aime pas beaucoup ça..., souffla Blade à Lidjung.

Le commandant eut une grimace et fit signe à ses hommes d'être prêts à tirer.

— Moi non plus, murmura-t-il. J'ai l'impression que la mort rôde parmi nous.

Blade ne répondit rien. Le silence s'était abattu sur le camp retranché et les seuls bruits qu'on entendait de temps à autre étaient le raclement d'une arme contre une carapace d'insecte ou le gémissement d'un des blessés.

De l'autre côté du *no man's land* jonché de cadavres, les Nazarnis levèrent bien haut leurs bannières.

— Je crois que c'est pour bientôt..., dit Blade en posant sa main sur l'épaule du commandant.

Une seconde plus tard, l'enfer se déchaîna à nouveau.

Les fanatiques poussèrent un long cri aigu et se ruèrent pour la deuxième fois à l'assaut du camp.

Lidjung hurla à ses hommes de tirer. Les traits fauchèrent de chaque côté une dizaine de Nazarnis. Mais c'était insuffisant pour briser leur élan furieux. Rapidement, ils se retrouvèrent contre le rempart de fortune. Les sabres brillèrent à la lumière lunaire et le carnage recommença, encore plus enfiévré que la première fois.

A un contre deux, les défenseurs se battirent avec l'énergie du désespoir. Mais, cette fois, les Nazarnis ne commirent pas l'erreur de rester sur leurs montures hexapodes pour tenter de forcer les défenses: dès qu'ils furent assez proches, ils sautèrent directement sur les traîneaux et les insectes géants repliés sur eux-mêmes.

Le corps à corps qui s'ensuivit devint très vite furieux. Blade maniait son badelaire comme un forcené, tailladant la chair autour de lui. Le monde environnant n'existait plus pour lui. Tout n'était que sang, y compris la lune qui éclairait le massacre. A un moment donné, il glissa sur la carapace d'un oxy de trait et retomba à l'intérieur du camp en même temps que le fanatique qu'il était en train de combattre.

Le Nazarni se releva avant lui et lui asséna un violent coup de sabre sur l'épaule. Heureusement pour Blade, l'homme avait mal assuré son geste et la lame frappa presqu'à plat. Malgré tout, la douleur fut si abominable que Blade faillit lâcher son arme et tomba à la renverse. Le fanatique leva la sienne et se jeta sur lui.

Juste au moment où il allait frapper Blade, une silhouette se profila derrière lui et le faucha d'un coup de lame dans les reins. Blade reconnut Lidjung.

— Merci, l'ami, je te revaudrai ça! s'exclama-t-il en se relevant.

Le commandant lui répondit d'un geste amical et tous deux retournèrent au rempart.

La bataille se poursuivit durant presqu'une heure. Les assiégés avaient beau développer des trésors de courage, ils n'en étaient pas moins submergés petit à petit.

Tout en combattant comme un beau diable, Blade ne cessait de redouter l'instant où l'un des oxys finirait par connaître la peur dans son minuscule cerveau d'insecte et se relèverait brusquement, ouvrant une brèche dans le mur de protection improvisé.

Lorsque cette catastrophe se produisit, ce fut bizarrement deux des montures des soldats — qui devaient pourtant être habituées aux combats — qui craquèrent. Blade vit soudain le rempart bouger sur sa droite, se soulever et jeter à bas les hommes qui se trouvaient dessus. Les deux grands insectes s'ébrouèrent et s'enfuirent en escaladant ceux des Nazarnis qui se trouvaient à proximité.

Cette fuite soudaine déclencha un début de panique parmi les autres animaux. Trois gros oxys de trait se relevèrent à leur tour et s'égayèrent dans toutes les directions, tirant derrière eux leurs traîneaux respectifs. En quelques secondes, le camp se retrouva complètement désorganisé et les Nazarnis surent qu'ils avaient gagné. Ils se précipitèrent parmi les défenseurs en hurlant et les taillèrent en pièces.

Blade tenta de s'opposer à eux et réussit à en tuer encore trois avant qu'un mauvais coup l'atteigne à la tête et le projette dans l'inconscience.

CHAPITRE V

Le fait de rouvrir les yeux parut éveiller en Blade une légion de douleurs qui se ruèrent tout au long de ses nerfs à la vitesse de la foudre.

Blade dut rester de longues minutes à lutter pour arriver enfin à dompter cet ennemi invisible qui s'acharnait sur son esprit. La douleur finit par diminuer et devenir plus supportable. Blade repoussa alors les corps sanguinolents qui étaient sur lui et se releva tant bien que mal. Pour découvrir un horrible carnage.

On aurait dit que le campement avait été dévasté par un typhon.

Plus rien ne restait debout. Les traîneaux avariés avaient été incendiés par les Nazarnis qui avaient emporté tout ce qui pouvait leur servir. Ils étaient partis avec tous les oxys épargnés par le dernier assaut. Une bonne centaine de cadavres d'insectes géants gisaient tout autour de la crête de la dune. Mais ce n'était que peu de chose comparé au charnier humain qui recouvrait les restes du camp retranché et les abords de ce dernier.

Les cadavres se comptaient par centaines et, ceux qui n'avaient pas été sauvagement déchiquetés par les vainqueurs, sur les doigts de la main. Le sable n'était pas parvenu à absorber complètement le sang des victimes et de grandes taches brunes formaient souvent une auréole macabre autour des corps éventrés et décapités.

Par on ne sait quel miracle, Blade avait échappé au massacre. Il mit cela sur le fait d'avoir été enseveli, sans doute dans les dernières minutes du combat, sous plusieurs cadavres dégoulinants de sang. C'est ce qui avait dû tromper les tueurs qui avaient achevé tous les blessés...

Blade se passa une main hésitante sur la figure. Il découvrit alors avec dégoût qu'il avait le visage couvert de croûtes coagulées qui ne lui appartenaient pas. Probablement, celles à qui il devait la vie. Il s'approcha des traîneaux en partie incendiés dans l'espoir d'y trouver de l'eau oubliée par les Nazarnis.

Il dut chercher longtemps avant de découvrir, sous l'un des véhicules noirci par le feu, une outre de cuir qui avait échappé aux fanatiques durant leur ultime razzia. Blade en tira un peu d'eau et se lava le visage, après avoir bu plusieurs longues gorgées du liquide bienfaisant. Puis il reboucha la gourde et la remit à l'ombre.

Maintenant, le plus difficile restait à faire : survivre...

Blade s'était réveillé en plein jour. Le soleil tapait donc déjà fort sur les restes de la bataille de la nuit précédente et des odeurs nauséabondes commençaient même à monter des cadavres.

Malgré la puanteur naissante, Blade fit le tour du camp dévasté afin d'essayer de retrouver de quoi manger. Il finit par découvrir une autre gourde d'eau et un peu de nourriture. Il dut faire un effort pour manger dans un pareil cadre mais l'instinct de conservation se révéla plus puissant que le dégoût provoqué par la chair et les entrailles exposées au soleil brûlant.

En fin de compte, le plus insupportable avait été la découverte des restes — c'était vraiment le mot qui convenait le mieux... — des dames de la suite de Tarra. La princesse avait disparu, preuve que c'était effectivement à elle qu'en avaient les fanatiques, mais ses femmes avaient été odieusement torturées avant d'être égorgées comme des porcs...

Blade continua à manger lentement. La nourriture avait un goût de cendre dans sa bouche.

A un moment donné, alors qu'il fixait un

tas de cadavres haut d'un bon mètres, il crut avoir une hallucination. Il se frotta les yeux et regarda à nouveau. Et soudain, il sut qu'il ne rêvait pas : le tas avait bougé !

Reposant sa nourriture sur la planche sur laquelle il était assis, Blade se leva précipitemment et courut vers l'amas de corps qui venait à nouveau d'être secoué. Quelqu'un poussa un grognement et tenta de sortir du tas de chairs mortes.

Blade cria quelque chose en arrivant à pied d'œuvre. Puis, sans attendre, il tira les cadavres éventrés et défigurés. Et c'est comme ça qu'il se trouva nez à nez avec... Lidjung !

— Par tous les Dieux ! s'exclama le commandant ! Quelle horreur !

Blade l'aida à se relever. Lidjung était couvert de grosses plaques de sang séché et des bouts de cervelle et d'entrailles restèrent collés à son burnous vert et noir quand il sortit du tas de cadavres. Si Blade n'avait pas été aussi soulagé de voir qu'il n'était plus seul, il est probable qu'il aurait vomi tant le spectacle était épouvantable.

— Les démons ! s'écria Lidjung. Ils n'ont rien laissé derrière eux...

— Rien, sauf nous, remarqua Blade avec un soupir. Il faut croire que nous devions ressembler de près à des cadavres pour qu'ils ne prennent pas la peine de vérifier notre état de plus près...

Blade emmena le commandant vers l'abri

qu'il s'était construit pour manger et rester à l'ombre. Il eut soudain l'impression que la puanteur avait augmenté. Lidjung, quant à lui, regardait le carnage avec des yeux hagards.

Il but une longue rasade d'eau tiède et se tourna vers Blade qui avait recommencé à manger.

— Ils ont enlevé la princesse, hein ?

Blade acquiesça avec un soupir.

— Si je tenais le traître qui nous a vendus..., commença Lidjung.

— Je doute que cela arrive un jour, l'arrêta Blade. Estimons-nous heureux d'avoir réchappé d'un pareil massacre.

Il se rendit compte alors que le commandant était blessé au bras gauche. Une méchante entaille recouverte d'une croûte brune.

Lidjung vit son regard.

— Rien de grave mais ça fait mal. Heureusement que cet endroit maudit est trop inhospitalier pour les mouches...

Blade se contenta de répondre d'un vague hochement de la tête. Le Khorien avait beau avoir du courage, plus le temps passait, plus sa blessure risquait de mal tourner.

— J'espère que ta bestiole volante ne s'est pas perdue en cours de route et que la colonne ne tardera pas..., dit-il enfin.

Lidjung éluda la question d'un geste vague et changea de sujet.

— Je me demande comment tu arrives à manger au milieu de tout ça.

Blade lui tendit un bout de pain et des fruits.

— Je mange parce que je tiens à être encore de ce monde quand on viendra nous chercher. Et je te conseille de faire pareil...

***

En fait, la colonne de secours arriva le lendemain matin, c'est-à-dire bien plus tôt que prévu. Ce fut Lidjung qui l'aperçut le premier pendant que Blade finissait d'installer le camp de fortune que les deux hommes avaient décidé d'édifier sur la dune voisine afin d'échapper un tant soit peu aux odeurs pestilentielles qui émanaient des cadavres déjà gonflés après une journée d'exposition à la chaleur torride.

Dès qu'il les vit, le commandant de l'escorte massacrée se hissa sur l'un des traîneaux incendiés et fit de grands gestes à l'adresse de la centaine de soldats à tunique rouge et turban blanc qui arrivaient en file indienne, chevauchant des oxys de combat. Le chef de la colonne lui répondit immédiatement et se retourna pour crier à ses hommes d'accélérer l'allure. Un quart d'heure plus tard, Blade et Lidjung étaient définitivement sauvés.

Les soldats du Yelana furent cloués sur place d'horreur en découvrant le sort de la caravane. La plupart d'entre eux avaient déjà eu pourtant maille à partir avec les fanatiques du Sud mais aucun n'avait eu l'occasion de contempler un massacre aussi systématique. C'était comme s'ils venaient de découvrir un visage inconnu de la Mort...

Certains de ses hommes ne purent s'empêcher de vomir en raison de la puanteur et de la vision infernale qui s'offrait à eux mais le commandant de la colonne, qui se présenta avec raideur sous le nom de Tagor, sembla nettement plus préoccupé par la disparition de la princesse.

— Le roi Menkh va être furieux, dit-il d'une voix sèche qui allait bien avec son visage tanné par le soleil et taillé à coups de serpe. Cet enlèvement est un affront au Yelana tout entier et les responsables seront châtiés !

En entendant ces mots, Lidjung commença presque à regretter de s'en être tiré vivant. Blade le vit blêmir du coin de l'œil et s'adressa d'un ton sans réplique à Tagor qui les regardait, appuyé contre les cornes en V de son oxy.

— Les responsables sont ceux qui n'ont pas prévu que les Nazarnis pouvaient avoir l'intention d'enlever la princesse Tarra et c'est peut-être à Kardyos qu'il faudra les chercher ! jeta Blade. En attendant, le commandant Lidjung et moi avons l'intention d'aller voir le roi Menkh pour discuter avec lui d'un moyen de réparer ce gâchis.

Alors, ne perdons pas de temps et quittons ce lieu aussi maudit qu'Isandhlwana !

Le ton de cet étranger au regard féroce fit oublier à Tagor qu'il n'avait jamais entendu parler d'Isandhlwana (1) et il décida de lui donner immédiatement satisfaction. Après tout, se dit-il, s'il tient tant à faire connaissance avec les bourreaux du roi, c'est son affaire...

*
**

Une journée et demie plus tard, la colonne arrivait en vue de Kardyos. Là, Lidjung fut enfin soigné par un sorcier local qui lui appliqua une quantité invraisemblable de baumes sur sa blessure qui s'était envenimée. Au départ, le traitement laissa Blade plutôt sceptique. Et pourtant, lorsqu'ils débarquèrent quatre jours plus tard à Randth, la capitale du Yelana, Lidjung était pratiquement guéri...

Durant le voyage en bateau, Blade eut également l'occasion de discuter longuement avec son compagnon d'infortune et il découvrit en lui quelqu'un de solide. Quelqu'un également qui n'avait plus qu'une seule idée en tête : laver dans le sang des

(1) Sanglante bataille où les armées du roi zoulou Cetywayo massacrèrent les troupes anglaises commandées par Lord Chelmsford, le 21 janvier 1879. (NdT)

Nazarnis l'incroyable massacre qui avait eu lieu quelques jours plus tôt dans le désert.

Le bateau effilé glissa lentement entre les innombrables navires de toutes tailles qui encombraient le port fluvial de la capitale. Ici, personne ne semblait se soucier du drame qui se préparait au sud du pays et la ville aux murailles blanches se dorait tranquillement au soleil quasi tropical qui l'écrasait du matin au soir.

La seule fausse note dans cette tranquillité assoupie apparut bientôt à Blade et à Lidjung, alors que leur bateau s'approchait du quai : un peloton de soldats armés jusqu'aux dents les attendaient de pied ferme.

Lidjung s'approcha de Blade.

— J'ai l'impression, l'ami, que la mauvaise nouvelle nous a devancés de quelques heures...

CHAPITRE VI

Lidjung ne s'était pas trompé : l'annonce de l'enlèvement de la princesse Tarra était parvenue au palais de Randth avec juste assez d'avance pour que le roi Menkh ait le temps d'envoyer un détachement pour s'assurer des personnes de Blade et de Lidjung. Le fait que les deux hommes soient venus là de leur propre gré ne changea rien à l'affaire...

Ils traversèrent donc le port et la moitié des rues grouillantes de monde de Randth encadrés comme de vulgaires criminels et Blade vit que le Khorien, sans doute plus au fait des mœurs du pays que lui, commençait visiblement à s'inquiéter. Et lorsque les lourdes portes ferrées du palais se refermèrent derrière eux, les deux hommes eurent la désagréable impression de quitter le monde des vivants. Mais ni l'un ni l'autre ne regrettèrent leur choix car tous deux avaient maintenant un compte personnel à régler avec celui qui se faisait appeler « le Bras Vengeur de Zanthun »...

***

Les soldats vêtus de tuniques rouges et de pantalons blancs quittèrent la salle rectangulaire, laissant Blade et Lidjung face au souverain du Yelana.

Le roi portait lui aussi un de ces vêtements clairs et amples qui étaient visiblement très en vogue dans cette partie du monde. Et si Menkh n'avait pas de couronne sur la tête, il n'en était pas moins richement pourvu en bracelets et chaînes d'or autour du cou et de la taille.

Blade remarqua immédiatement ses cheveux ondulés et son imposante barbe taillée au carré. Si on ajoutait à cela un nez droit, des pommettes un peu saillantes et un regard de braise embusqué sous de gros sourcils, on obtenait un portrait que n'aurait pas renié un souverain assyrien de l'antiquité.

La salle était longue et, tout en s'approchant de l'estrade où se tenaient le roi et son trône, Blade eut le temps de jeter un coup d'œil aux fresques qui faisaient le tour de la totalité des murs et constituaient pratiquement leur seule décoration. La plupart des scènes représentées étaient des batailles mais il y avait des constructions de monuments et des fêtes funéraires.

Il n'y avait rien d'autre, ou presque, dans la salle qui n'offrait ainsi qu'un accueil hautain et glacial qui correspondait parfaitement à celui du roi Menkh.

— Je devrais vous faire écorcher vifs ! s'exclama ce dernier en guise de salutation. Par votre stupidité, j'ai perdu ma fiancée bien-aimée et je me suis fait ridiculiser par une bande de pillards fanatiques !

Lidjung baissa les yeux et parut s'abîmer dans la contemplation des grandes dalles luisantes du sol. Mais Blade avait bien décidé de ne pas se laisser faire et il contre-attaqua immédiatement.

— Votre Majesté, dit-il sur un ton respectueux mais ferme que Menkh remarqua aussitôt, j'étais au service de la princesse Tarra depuis notre départ de l'oasis de Tenfhou. Je suis un étranger à cette partie du monde, comme vous pouvez le constater, et j'estime avoir fait plus que mon devoir en risquant ma vie pour défendre votre future épouse, donc je ne vois pas pourquoi vous m'accusez de quoi que ce soit, d'autant plus que je suis ici de mon plein gré...

Le roi fixa Blade quelques secondes.

— Admettons, finit-il par dire avec un soupir agacé. Mais cela n'excuse pas ton compagnon qui aurait mieux fait de périr sous les coups de ces porcs de rebelles !

Lidjung allait protester de son innocence mais Blade l'arrêta d'un geste et répondit à sa place.

— Le commandant de l'escorte n'a rien à se reprocher car il n'a fait qu'obéir à des ordres donnés par des hommes bien trop confiants dans leur propre puissance, fit-il en évitant de mentionner le fait que Lidjung avait claironné plusieurs fois à qui voulait l'entendre qu'il n'avait peur de personne. Ce sont eux les vrais responsables, pas ce soldat qui s'est battu comme un lion face à un ennemi deux fois supérieur en nombre !

Les yeux du roi parurent s'allumer sous le taillis de ses sourcils.

— Prends bien garde à ce que tu dis, étranger, car je ne me laisserai pas insulter dans mon propre palais...

Blade le fixa droit dans les yeux et se dit que, de toute façon, il n'avait plus rien à perdre.

— Majesté, avec tout le respect que je vous dois, il me semble inutile de tourner plus longtemps autour du pot, comme on dit chez moi. Si la princesse Tarra est maintenant aux mains des fanatiques du Sud, c'est par votre faute car vous n'avez pas prévu d'escorte supplémentaire pour faire la traversée entre Tenfhou et Kardyos.

Menkh resta médusé par l'audace de cet étranger musclé et décidé. Sur l'instant, il faillit exploser de colère mais il parvint à se contenir et la rage fit rapidement place dans son esprit à une certaine curiosité.

— Sais-tu, étranger, que bien des gens

sont morts pour m'avoir dit le dixième de ce que tu viens de proférer ?

— Je n'en doute pas Majesté, continua Blade en priant le ciel qu'il ne termine pas la journée sur un chevalet de torture. Mais il me semble qu'il y a déjà eu assez de morts depuis le début de cette histoire et je ne vois pas en quoi la mienne et celle de mon compagnon amélioreraient les choses. N'oubliez pas que nous aurions pu très bien disparaître dans la nature à Kardyos et si nous avons pris le risque de venir ici, c'est que nous n'avons pas l'intention que les choses en restent là.

Le roi fronça les sourcils. Décidément, cet homme surgi d'on ne sait où sortait de l'ordinaire, c'était le moins qu'on puisse dire.

— Ce qui signifie ?

Lidjung sentit que le souverain du Yelana avait momentanément ôté de son esprit l'idée de les livrer à ses bourreaux et il releva les yeux.

— Majesté, déclara Blade, si nous sommes venus à Randth, c'est pour vous demander d'avoir les moyens d'aller rechercher la princesse Tarra, où qu'elle se trouve...

La surprise empêcha le roi de répondre tout de suite.

— Je comprendrais encore que cet homme (il montra Lidjung) veuille laver l'honneur de son pays en tentant de délivrer la fille de son propre roi. Mais toi, qu'as-tu à voir là-dedans ? Pourquoi risquer ta vie pour des choses qui ne te concernent pas ?

Blade sut à cet instant qu'il avait gagné.

— Si vous aviez vu notre camp le lendemain de l'attaque, Majesté, vous comprendriez aisément pourquoi je vous demande cette faveur. Il y a des choses que seuls le sang et la vengeance peuvent effacer, même si cela ne fera pas revenir les morts pour autant...

Et soudain, en voyant cet homme mystérieux, le roi Menkh sut qu'il avait peut-être une chance de revoir la princesse Tarra vivante.

Après cet échange à fleuret moucheté qui ne dura qu'une demi-heure en tout, le souverain du Yelana dit à Blade et à Lidjung de le laisser et de se représenter le lendemain matin au palais.

— J'avoue que j'ai bien cru que nous ne passerions pas la journée..., souffla le commandant khorien lorsqu'ils se retrouvèrent hors du palais avec, attention supplémentaire du roi, de quoi subvenir à leurs besoins les plus immédiats. Tu as joué un jeu dangereux l'ami, mais tu as gagné ! En tout cas, j'ai pu constater que Menkh était à la hauteur de sa réputation...

— C'est-à-dire ? s'enquit Blade.

Le Khorien le poussa dans la rue pavée.

— On dit que c'est un homme sensé, même s'il est capable des pires atrocités sous l'effet de la colère. Et il vient de prouver qu'il était effectivement un homme de bon sens...

Blade hocha la tête.

— Nous verrons ça demain. En attendant, comme tu as l'air d'être déjà venu dans cette ville, je compte sur toi pour nous dénicher un endroit tranquille où nous pourrons discuter de certaines choses que j'aimerais savoir...

Lidjung eut un rapide sourire qui adoucit son visage anguleux :

— Si c'est un coin où on peut boire et manger, j'ai ce qu'il te faut...

Lidjung attendit que la serveuse, aux vêtements bien translucides, se soit éloignée pour leur servir un plein gobelet de vin et étaler sur la table le morceau de parchemin qu'il avait demandé en même temps que la boisson.

Blade jeta un regard circulaire autour d'eux, par pur réflexe. Mais tous les consommateurs attablés dans la grande taverne ne semblaient être là que pour boire et non les espionner. Blade se cala donc contre le pilier tout proche de son siège et écouta le Khorien qui venait de tracer une carte fort sommaire de cette portion du monde sur son morceau de parchemin.

— Je n'ai aucun talent d'artiste, l'ami, alors ne m'en veux pas si mon œuvre n'a pas grande allure. Mais elle te donnera une bonne idée de la région...

Blade apprit ainsi rapidement que le Yelana s'organisait autour des rives du fleuve Tyrd, un peu comme l'Egypte. Le Tyrd prenait sa source dans un massif montagneux très loin au sud et suivait la direction du nord pendant quelque chose comme mille cinq cents kilomètres avant de se jeter dans la mer d'Irkar, juste après Randth. Au nord-est, le Yelana avait une frontière commune avec le royaume de Nikkan. Plus bas, c'était le rivage de la mer de Phora qui lui servait de frontière.

— Le Nikkan est un vieil ennemi du Yelana, fit Lidjung, mais comme il ne s'est pas encore remis de la défaite que lui a infligée notre ami le roi Menkh il y a trois ans, il se tient à carreau. Le seul problème est que leurs pirates infestent la mer de Phora...

— Et Khor, là-dedans ? demanda Blade.

— Mon pays est un récent allié du Yelana. Le mariage de la princesse Tarra avec le roi Menkh devait d'ailleurs servir de lien entre eux.

Blade but un peu de vin.

— Tu ne m'avais pas dit ça sur le bateau...

Lidjung eut un petit rire.

— J'étais sans doute trop occupé à te raconter mes exploits et à écouter les tiens, l'ami...

— Donc, il est probable que c'est pour ça que les Nazarnis l'ont enlevée ?

— Ça m'étonnerait, car le roi de Khor a autant peur d'eux que Menkh et ce n'est pas ce genre d'action qui risque de lui faire briser son alliance avec le Yelana.

— Même si la vie de Tarra est en jeu ?

Lidjung soupira.

— Le roi Lodi est au moins aussi violent que Menkh et les sentiments familiaux ne l'ont jamais emporté chez lui sur les affaires de l'Etat. Mais il n'attaquera pas de front les fanatiques du Sud tant qu'il sera sûr que sa fille est encore en vie. Nazarn a réussi un beau coup en allant cueillir la princesse si loin de sa zone d'influence... Tant que les deux rois la sauront en vie, ils s'abstiendront de faire autre chose que de contenir la rébellion.

— Raison de plus pour tenter de la délivrer !

Le Khorien se pencha vers Blade.

Comme si tu avais besoin d'une raison politique pour aller rechercher une femme si... charmante, hein ?

Un sourire passa sur les lèvres de Blade.

— Et crois-tu que si le Yelana et Khor se décidaient à frapper un grand coup, ils viendraient facilement à bout des rebelles ? demanda-t-il pour revenir à leur sujet de conversation initial.

— En principe oui, répondit Lidjung. Mais ce démon de Nazarn semble avoir plus d'un tour dans son sac. On dit qu'il a vraiment réussi à réveiller Zanthun d'un sommeil millénaire et, même si ce n'est qu'un dieu secondaire, il est tellement assoiffé de sang qu'il semble être beaucoup plus efficace que ceux que nous adorons...

— Superstition ! le provoqua Blade.

— C'est possible, l'ami, mais j'ai un ami marchand qui était à Dryden quand l'Œil de Zanthun a posé son regard sur Nazarn. En place publique et devant des centaines de gens. C'est à cet instant que la rébellion a éclaté vraiment : quand la lumière a touché la tête du prophète. La province du Sud n'attendait que ça pour exploser et massacrer tous les représentants de l'autorité royale.

— Mais pourquoi se sont-ils révoltés ?

Lidjung se servit un autre gobelet et en avala la moitié d'un trait avant de répondre :

— Il y a un peu plus de cent ans, cette province était un pays indépendant et prospère qui s'étendait entre le Yelana de l'époque et les montagnes du Sud. C'était un royaume guerrier qui adorait Zanthun. Mais son souverain a commis l'erreur de chercher noise au Yelana et la réponse ne s'est pas fait attendre. La guerre a duré près de cinq ans et quand les adorateurs de Zanthun ont fini par se rendre, la moitié de la population avait péri, Dryden avait été rasée et la totalité du pays était à feu et à sang.

Blade resta un moment à réfléchir.

— Et il a suffi qu'un prophète arrive pour qu'ils tentent à nouveau une aventure pareille ? dit-il enfin.

— Un dieu qui se réveille subitement est une bonne raison pour faire n'importe quoi. Surtout quand on est soumis par la force et que ce dieu est aussi sanguinaire que Zanthun...

— Au fait, tu ne m'as pas dit comment s'appelait ce pays ? le questionna tout à coup Blade.

— Il s'appelait le... Nazarn.

Blade émit un petit sifflement.

— Décidément, notre prophète est peut-être fou mais il sait trouver les détails qui frappent !

— Mais pour tous les rebelles, il est *l'âme* du pays et ils trouvent tout à fait naturel qu'il en ait pris le nom...

***

Lorsqu'ils revinrent au palais, les deux hommes avaient mis au point un plan de base à proposer au roi Menkh lors de l'entrevue qu'ils devaient avoir avec lui le lendemain matin. Le seul problème était que ni l'un ni l'autre n'étaient allés dans la province du Sud. Mais ce ne serait pas la première fois que Blade opérerait en terrain inconnu. C'était même devenu une spécialité chez lui...

La nuit était déjà bien avancée quand ils franchirent la porte du palais où ils apprirent du corps de garde qu'on leur avait réservé deux chambres dans le quartier des officiers. Au moment où ils allaient partir, le garde se pencha vers Blade.

— J'espère que vous n'avez pas trop abusé de la boisson, Messeigneurs, car vous allez avoir besoin de toutes vos forces...

Blade fronça les sourcils. Dans la lumière incertaine des torches, le visage du soldat était devenu une sorte de masque rubicond. Quelque chose avait l'air de l'amuser énormément.

Constatant qu'il n'en tirerait rien, Blade se fit expliquer où se trouvaient leurs quartiers et disparut dans l'obscurité qui noyait la cour pavée du palais de Randth.

Les logements réservés aux officiers ressemblaient à des chambres de motel américain revues par un architecte médiéval : chaque « chambre » était constituée par un petit bâtiment cubique en pierre blanche collé contre ses voisins et adossé contre le mur d'enceinte.

Blade souhaita une bonne nuit à son compagnon et ouvrit la porte de bois cloutée.

Dès qu'il poussa le battant, son oreille aguerrie surprit un bruit dans la pièce dans laquelle deux lampes à huile dispensaient un éclairage plutôt chiche. Blade attrapa immédiatement le poignard commando —

la seule arme de son équipement qu'il avait retrouvée après son réveil à l'oasis de Tenfhou — et se tint prêt à réagir. Puis il continua à pousser la porte.

En le voyant entrer ainsi, un couteau à la main, la fille assise sur ce qui servait de lit poussa un petit cri de frayeur et se recula contre le mur.

Blade resta une seconde stupéfait devant le spectacle de cette jeune fille qui ne devait pas avoir vingt ans et qui l'attendait, assise dans la position du lotus. Entièrement nue...

Blade remit son poignard en place et referma la porte sans quitter des yeux la mystérieuse visiteuse.

Celle-ci avait un corps aux formes juvéniles et à la peau dorée. Ses petits seins pointus étaient assez écartés l'un de l'autre et semblaient très fermes. Le regard de Blade s'égara un bref instant entre les cuisses, attiré par le petit triangle de poils blonds qui ne dissimulait pas grand-chose de l'intimité de la jeune fille. Puis Blade se rendit compte qu'elle avait les yeux bleus, les cheveux de la couleur des blés et qu'elle était complètement étrangère à cette région du monde...

— Que fais-tu ici ? finit par demander Blade en s'avançant vers elle.

La fille lui lança un regard bizarre.

— Je suis là par la volonté du roi et pour être agréable à son hôte...

Blade la détailla à nouveau et un petit

frisson lui parcourut la colonne vertébrale. La fille fut consciente de l'effet produit sur cet étranger qu'elle trouvait séduisant. Elle se leva soudain du lit et vint se planter devant Blade.

— J'espère que Monseigneur me trouve à son goût ? susurra-t-elle d'une voix rusée.

Blade ne put s'empêcher d'acquiescer. La fille eut un petit sourire et se tourna à moitié pour lui montrer les charmes de ses fesses plutôt menues mais musclées. Elle continua à le fixer par-dessus son épaule pendant qu'elle se mettait à caresser ses seins du bout des doigts.

Blade inspira profondément et se rapprocha d'elle jusqu'à la toucher. Il posa alors sa main sur la croupe rebondie et fit courir ses doigts sur les globes dorés des fesses offertes.

La fille poussa un petit soupir lorsque les investigations de Blade se précisèrent et qu'il commença à explorer la douce vallée séparant en deux le postérieur excitant qui venait de se coller contre lui. Ses doigts parvinrent rapidement à hauteur du sexe de la jeune fille et Blade se rendit compte que celui-ci était déjà humide.

— Comment t'appelles-tu ?

— Quand il m'a achetée à des marchands du Nord, le maître du harem royal m'a donné le nom d'Inna...

— Alors, va pour Inna, sourit Blade en se remettant à caresser les fesses.

La jeune fille se pencha un peu plus en avant pour lui faciliter la tâche. Dans le mouvement, les deux globes dorés par le soleil se collèrent contre le ventre de Blade. Une éruption de désir s'empara alors de celui-ci.

— Va te mettre à genoux sur le lit..., ordonna-t-il doucement à Inna.

La jeune fille se redressa, lui sourit et se dirigea vers la couche. Blade la regarda s'installer et lorsqu'elle se retrouva dans la position demandée, le front contre le tissu et le dos cambré, il se déshabilla rapidement et vint se placer derrière elle. Il écarta d'un coup les fesses offertes puis effleura de l'extrémité de son membre tendu l'espace de peau sensible qui s'étendait entre le sexe et l'orifice sombre de l'anus. Inna eut un petit gémissement et se tortilla un peu pour aguicher un peu plus cet homme qui l'excitait.

Les mains de Blade quittèrent les fesses pour s'emparer de la taille de la jeune esclave qu'il força à se cambrer encore un peu plus. Puis, avec une lenteur calculée, il pénétra dans le ventre humide.

Inna émit un feulement de satisfaction en sentant l'homme entrer en elle et entamer un va-et-vient d'une lenteur exacerbante qui alluma en elle un véritable brasier de désir érotique.

Blade résista le plus longtemps possible à l'explosion de ses propres sens mais, lorsque la jeune fille hurla, il ne put empêcher l'orgasme de prendre le dessus sur sa volonté. Il s'enfonça loin en elle avec une force qui laissa Inna pantelante entre ses mains.

Il se retira d'elle quelques instants plus tard. Inna poussa un long soupir et se laissa rouler sur le côté, les yeux fermés. Là, elle replia ses jambes fines, ses pieds se touchèrent et elle écarta en grand les cuisses, offrant à Blade la vision de son sexe entrouvert. Quand elle commença à se caresser lentement, Blade sentit une nouvelle vague de désir déferler en lui et ne put s'empêcher de reprendre à nouveau la belle petite esclave.

CHAPITRE VII

Lorsqu'il vit le roi Menkh assis sur son trône de pierre surélevé, Blade comprit ce que devaient ressentir les Assyriens lorsqu'ils se retrouvaient en présence d'Asourbanipal...

Le souverain resta si immobile, pendant que Lidjung et lui s'avançaient sur les grandes dalles brillantes de la salle ornées de fresques sans fin, qu'on aurait pu croire que lui aussi était fait de pierre.

Les deux hommes se regardèrent rapidement du coin de l'œil et continuèrent à marcher. Tous deux portaient les stigmates de la nuit précédente, qu'ils avaient passée entre des mains expertes... Avant leur entrevue avec le roi, Lidjung avait soufflé à Blade que le présent... charnel de Menkh était une preuve de haute estime de sa part : les esclaves nordiques étaient une rareté dans cette partie du monde et on les réservaient généralement aux personnalités de marque, pas à de simples baroudeurs seuls survivants d'une défaite catastrophique.

Tout ceci prouvait, en tout cas, combien les pensées du souverain du Yelana étaient difficiles à suivre. Sauf si l'on admettait qu'il se sentait plus ou moins responsable de l'enlèvement de sa future épouse. Une erreur de jugement qui apparaissait de plus en plus comme lourde de conséquences.

Blade et Lidjung s'arrêtèrent à distance respectueuse du roi. Celui-ci s'anima enfin et fit signe aux quatre gardes de quitter les lieux. Menkh attendit que les portes se soient refermées pour prendre la parole.

— J'espère que vous avez passé une bonne nuit, étrangers, déclara-t-il d'une voix dénuée de tout sous-entendu, preuve que les esclaves consentantes ne devaient être rien d'autre que du mobilier destiné aux visiteurs. De mon côté, poursuivit-il, j'ai beaucoup réfléchi et j'aimerais entendre ce que vous avez à me proposer...

— Majesté, fit Blade en inclinant brièvement la tête, avez-vous averti le roi de Khor de la disparition de sa fille ?

Le visage déjà naturellement dur de Menkh se ferma un peu plus.

— Non ! Je voudrais éviter qu'il en arrive aux mêmes conclusions que vous à mon sujet... Sachez que personne ne sait ce qui s'est passé ici en dehors de nous trois. J'ai fait supprimer le messager du gouverneur de Kardyos pour plus de sûreté. Le gouverneur m'a d'ailleurs assuré dans son message que tous les soldats de la colonne de secours avaient été mis au secret dès leur retour. J'espère que vous avez su tenir vos langues !

Les deux hommes hochèrent la tête.

— Une pareille affaire ne restera pas longtemps inconnue, Majesté, fit Lidjung.

— Je sais ! Mais j'espère qu'elle restera assez longtemps sous forme de rumeur pour vous permettre de ramener à Randth la princesse Tarra. Après, il sera toujours temps, et beaucoup plus facile pour moi, d'expliquer au roi de Khor mon erreur d'appréciation au sujet des possibilités militaires de ces porcs de rebelles !

— Il va donc falloir faire très vite, dit Blade. Si vite que j'ai bien peur que nous manquions de temps.

— Votre récompense sera à la hauteur de votre rapidité d'exécution, lâcha le roi. Si vous me ramenez la princesse avant que Nazarn ait eu le temps de s'en servir contre moi, vous croulerez sous l'or !

Cette perspective parut redonner du courage à Lidjung. Blade, par contre, resta perplexe.

— Majesté, commença-t-il, je voudrais savoir si vous avez des espions qui seraient en mesure de nous aider une fois que nous serions infiltrés dans la province du Sud ?

Le souverain du Yelana se leva de son trône de pierre taillée et descendit les quelques marches qui le séparaient du sol dallé.

— Les rebelles ont beau avoir exterminé notre administration, nous avons réussi tout de même à garder un réseau d'agents. Il y a même un prêtre de Zanthun parmi eux, ainsi qu'un seigneur local que les pratiques de ces fanatiques ont tellement horrifié qu'il est passé récemment de notre côté.

— Et il n'a pas pu vous avertir de ce qui se tramait contre la princesse ? s'étonna Blade.

Le roi secoua la tête.

— Apparemment, ce Nazarn prend la plupart de ses décisions seul, sans demander l'avis de ses conseillers.

Menkh assura ensuite à Blade que ces deux contacts principaux pourraient leur trouver les hommes nécessaires pour faire un coup de main contre les gardiens de Tarra, une fois que celle-ci aurait été localisée. Puis le roi remit aux deux hommes un anneau très fin figurant un serpent qui se mord la queue et qui devait leur servir de signe de reconnaissance.

— Avec cette bague, tous ceux qui nous sont restés fidèles vous devront une obéissance aveugle. Mais méfiez-vous toujours des traîtres !

Il fut décidé également que Blade et Lidjung prendraient l'identité de marchands nikkans en empruntant l'un des bateaux qui faisaient du cabotage autour de la mer de Phora. Comme la province du Sud avait accès à celle-ci, c'était, et de loin, la solution la plus simple et la plus rapide.

La conversation avec le roi ne s'éternisa pas. Il remit Blade et Lidjung aux bons soins d'un de ses hommes de confiance et leur souhaita bonne chance. En quittant la grande salle d'audience à l'ambiance tendue et glaciale, Blade ne put s'empêcher de se dire qu'il leur faudrait sans doute beaucoup plus que de la simple chance pour se tirer du pétrin dans lequel ils étaient en train de se jeter, tête baissée.

Deux heures plus tard, ils s'étaient métamorphosés en commerçants du Nikkan. Comme les ressortissants de ce pays étaient très noirs de peau, Blade et Lidjung se virent contraints de s'enduire d'une teinture particulièrement résistante et ce, jusque dans les parties les plus intimes de leurs corps...

Lorsque l'opération fut terminée, Blade se regarda dans un miroir et n'en crut pas ses yeux : on aurait dit qu'il venait de tomber dans une citerne d'encre de Chine ! Et il n'était pas encore au bout de ses peines car il apprit alors que les Nikkans avaient l'habitude de porter une grosse boucle à l'oreille droite. Celui qui lui perça le lobe devait avoir travaillé dans les chambres de torture du palais...

Finalement, les deux hommes prirent place au sein d'une caravane qui traversait le nord-est du Yelana — en suivant de loin la frontière avec le Nikkan — pour aller chercher des épices au marché de la ville de Strefh, un petit port écrasé de soleil et qui s'ouvrait sur la mer de Phora.

Le voyage fut relativement rapide car les marchands d'épices n'avaient pas besoin de traîneaux et employaient des oxys rapides, proches de ceux des soldats du désert. Deux jours après leur départ de la capitale du Yelana, Blade et Lidjung arrivèrent en vue de la surface scintillante de la mer de Phora. Le port de Strefh était blotti au fond d'une petite baie sur laquelle se détachaient les voiles colorées de plusieurs navires de bonne taille autour desquels s'affairaient une nuée d'embarcations diverses.

— Espérons que nous ne ferons pas de mauvaises rencontres..., murmura Lidjung qui avait eu plusieurs fois l'occasion d'entendre parler des pirates de la mer de Phora.

CHAPITRE VIII

Le navire était une nef marchande ventrue à trois mâts portant de très grandes voiles triangulaires. C'était un de ces nombreux gros caboteurs qui faisaient d'un bout de l'année à l'autre le tour de la mer de Phora, embarquant et débarquant sans cesse passagers et marchandises d'un port à l'autre. Le mélange des races était tel au sein de l'équipage qu'on aurait été bien en peine d'y discerner la véritable nationalité du bateau mais le bruit courait qu'il était la propriété d'un riche négociant de la Principauté de Sylf-Kerlam, un petit pays mal connu des confins orientaux de la mer de Phora.

Avec sa large coque, la *Belle de Tigan,* ne pouvait prétendre à des allures de clipper. Au bout d'une demi-journée de voyage à distance respectueuse des côtes — pour éviter les hauts-fonds et les récifs — mais sans jamais les perdre de vue, Blade se demanda s'ils n'auraient pas mieux fait de prendre la voie terrestre, tant la nef semblait se traîner sur la mer calme.

— Non, lui répondit Lidjung qui paraissait emprunté dans son ample vêtement en forme de toge rouge et noire. On ne serait pas allé plus vite, crois-moi. Sans compter que nous n'aurions cessé d'être importunés par les patrouilles rebelles dans la dernière partie du voyage. Là au moins, nous arriverons à bon port sans problème...

Ce en quoi le Khorien se trompait.

⁂

Jusqu'au matin du deuxième jour, tout sembla aller pour le mieux, même si la *Belle de Tigan* n'avait visiblement pas l'intention de battre des records de vitesse.

Puis, vers midi, le ciel bleu se couvrit brusquement et vira au plomb en moins d'une heure. L'air s'alourdit et le vent s'accentua subitement. Les marins commencèrent à se regarder avec des yeux inquiets et les passagers comprirent qu'une tempête de première grandeur était en train de se préparer.

Blade, qui était accoudé au bastingage, à l'avant du bateau, se retourna et vit le capitaine sortir sur la dunette et crier quelque chose aux hommes qui maniaient les deux gouvernails latéraux.

Le vent augmenta encore dans les minutes qui suivirent et un roulement de tonnerre traversa le ciel bas et noir. Le bateau avait déjà viré de bord pour filer en direction du large.

— Le capitaine sait qu'il n'atteindra pas la côte à temps pour se mettre à l'abri et il préfère affronter la tempête au large pour éviter d'être drossé sur les récifs ! lança Blade à Lidjung qui s'étonnait de cette manœuvre. Je crois que nous n'allons pas être déçus du voyage...

Blade avait vu juste. En l'espace d'une demi-heure, la traversée devint un cauchemar. Le vent s'accentua encore, obligeant le capitaine à ordonner de réduire la toile au minimum.

Puis la pluie se mit à tomber. D'un coup. Diluvienne, implacable. Les gouttes, grosses comme des œufs de moineau, s'écrasèrent en rangs serrés sur le bateau. La mer commença à se creuser. Elle était devenue presque noire et paraissait soudain abriter des menaces insoupçonnées.

La totalité des passagers s'empressèrent de se mettre à l'abri dans leurs logements installés dans les gaillards d'avant et d'arrière et bientôt, il ne resta plus sur le pont que les marins nécessaires à la manœuvre ainsi que Blade et Lidjung.

Les barreurs s'arrimèrent à la rembarde de la dunette lorsque la nef se mit à encaisser les premiers paquets de mer. La *Belle de Tigan* n'était pas faite pour supporter l'ouragan qui s'annonçait. Lourdement chargée, sa coque avait du mal à relever le nez entre deux vagues. Au fil des minutes, ces dernières s'étaient transformées en gigantesques montagnes d'eau sombre dans lesquelles l'étrave plongeait lourdement avant de repasser à l'air libre dans un jaillissement d'écume.

Le vent hurlait dans les haubans au-dessus de la tête de Blade. Il y avait longtemps que Lidjung et lui avaient été trempés par les mètres cubes d'eau salée qui déferlaient à chaque minute sur le pont. Pourtant les deux hommes goûtaient la même sensation grisante d'affronter les forces vives de l'univers. Un rapide coup d'œil montra à Blade que le capitaine, debout sur la dunette, les vêtements battant au vent, devait éprouver quelque chose de similaire, même s'il était conscient de la faiblesse de son gros navire ventru.

D'angoissante, la tempête devint infernale et se transforma en typhon.

A la pluie s'ajoutèrent les éclairs. Le ciel de plomb fut bientôt zébré de coups de poignards électriques blancs et violets qui tentèrent vainement de trancher les nuages lourds qui se traînaient à quelques centaines de mètres au-dessus des eaux déchaînées.

Le spectacle franchit un pas supplémentaire en direction de l'apocalypse lorsqu'un éclair monstrueux toucha le mât principal du bateau. Blade et Lidjung furent précipités sur le sol par la déflagration, elle-même suivie par un paquet de mer plus gros que les autres qui passa par-dessus le gaillard d'avant pour aller s'écraser sur le pont.

Les deux hommes furent emportés par l'eau jusqu'au pied du gaillard d'arrière et s'écrasèrent contre les portes refermées à la hâte par les passagers. Trois marins furent ramassés par la même vague. L'un d'eux eut la tête fracassée contre le pied du grand mât qui venait d'être foudroyé.

Blade se remit debout tant bien que mal pendant que l'eau s'écoulait par le bastingage. Immédiatement, son regard se porta là où la foudre avait frappé. Le mât avait été partagé en deux sur plus de la moitié de sa longueur et, au même instant, une partie de celui-ci se détacha et tomba en travers du pont, assommant un homme d'équipage qui tentait de sortir de la cale par une écoutille.

Dans sa chute, la grande pièce de bois entraîna avec elle la voile en partie repliée. La toile se déchira avec un craquement sec et le tout finit par tomber à la mer au moment où le navire était secoué par la vague suivante.

Pendant un court instant, les cordages résistèrent. Puis, sous l'effet de la traction opérée sur eux, ils cédèrent un à un. La moitié de voile et le morceau de mât, long d'une dizaine de mètres, partirent en un clin d'œil vers l'arrière de la *Belle de Tigan* secouée comme un fétu de paille par la mer démontée.

Le capitaine se retourna et cria aux barreurs de tribord de faire attention. Il avait à peine fini de parler que les trois marins en question sentirent quelque chose se coincer entre leur gouvernail et la coque. C'était le bout de mât.

Le morceau de toile et les cordages arrachés s'entourèrent autour du gouvernail et, sous la poussée de l'eau, le morceau de bois découpé par la foudre se mit à faire levier. Les barreurs sentirent le gouvernail se déplacer malgré leurs efforts. Et soudain, celui-ci se brisa d'un seul coup. Deux des hommes n'eurent pas le temps de lâcher la barre et furent projetés à la mer. Le troisième roula jusqu'à l'autre bout de la dunette et ne dut son salut qu'à l'intervention du capitaine qui se précipita pour l'empêcher d'être emporté à son tour.

Privé de la moitié de son système de direction, le gros navire commença à avoir de sérieux problèmes pour se maintenir face aux vagues.

— Cette barcasse va se briser en mille morceaux ! hurla Lidjung qui avait enfin réussi à se relever. Tu avais raison, on aurait mieux fait de passer par la terre !

Blade haussa les épaules et cria à son compagnon de s'accrocher car un nouveau paquet de mer venait de se ruer par-dessus la proue.

La foudre tomba une nouvelle fois sur le bateau, comme si elle avait décidé de s'acharner spécialement sur lui pour punir les hommes d'avoir osé se mesurer au typhon.

L'éclair s'abattit sur le mât de misaine. Une lueur bleutée enveloppa totalement le mât. Brûlés en une seconde, les cordages se rompirent et s'égayèrent au vent démentiel qui en profita pour s'emparer de la voile à demi repliée. La vergue s'arracha l'instant d'après et le tout fut propulsé contre les restes du grand mât. Le choc dévia l'amalgame de bois, de toile et de cordages qui alla ensuite frapper l'angle bâbord de la dunette, arrachant le bastingage, pour finir sa course droit sur les barreurs du gouvernail restant.

Les trois marins furent pris dans la voile trempée comme dans une toile d'araignée puis assommés par la vergue qui les ramassa au vol telle une lame de faux. Une seconde plus tard, l'ensemble fut projeté à la mer par une autre rafale de vent.

Le capitaine et le barreur de tribord rescapé virent se dérouler la catastrophe comme dans un film au ralenti et, lorsqu'ils virent que la barre bâbord avait été pulvérisée, ils surent que tout était perdu.

***

La tempête s'acharna pendant une dizaine d'heures sur la *Belle de Tigan*, la transformant petit à petit, et avec application, en une épave dépourvue de toute défense. Le capitaine ne survécut pas à l'assaut des éléments aériens et marins : il fut emporté par une lame de travers qui faillit retourner le navire et disparut dans la tourmente avec le barreur qu'il avait sauvé quelque temps auparavant.

Blade et Lidjung avait réussi à pénétrer dans le gaillard d'arrière. Ils y découvrirent une vision de cauchemar qui ne fit que s'amplifier au fur et à mesure que les vagues énormes secouaient en tous sens le voilier maintenant dépourvu de gouvernail. Plusieurs personnes furent tuées ou gravement blessées par la course erratique de caisses et de tonneaux mal arrimés.

Puis la fureur du typhon finit par perdre de la puissance. Le bateau cessa d'être secoué comme un bouchon au milieu d'un maelström et recouvra assez de stabilité pour permettre à ses passagers de ressortir à l'air libre.

Débloquer la porte ne fut pas une mince affaire mais Blade et les hommes qui n'avaient pas été blessés parvinrent à la faire sauter et une bouffée d'air pur pénétra dans l'espace confiné où les survivants venaient de passer des heures d'angoisse qu'ils ne seraient pas près d'oublier.

Lidjung avait été à moitié assommé par une caisse errante mais le simple fait de voir la porte s'ouvrir et dévoiler un morceau de ciel bleu lui rendit totalement ses esprits en une fraction de seconde.

— Je n'arrive pas à croire qu'on s'en soit sorti, l'ami ! s'exclama-t-il en donnant une grande claque dans le dos de Blade dès qu'ils se retrouvèrent sur le pont.

Blade se contenta de hocher la tête tout en jetant un long regard circulaire autour de lui.

— Je voudrais être sûr que nous n'avons pas reculé pour mieux sauter..., dit-il enfin. Je me demande par quel miracle ce bateau flotte encore...

Blade s'approcha des restes de l'escalier menant à la dunette et se hissa tant bien que mal sur celle-ci. D'où il se trouvait maintenant, il put faire le point sur l'état de la *Belle de Tigan.*

Ce n'était pas un navire mais, tout au plus, un ponton flottant délabré et abandonné au milieu de la mer. Rasé. Plus un seul mât debout, plus de gouvernail...

Blade s'accrocha aux restes du bastingage de l'avant de la dunette et vit que le bateau penchait légèrement sur bâbord. Peut-être suite à un glissement de la cargaison. A moins que ce ne fût une voie d'eau. Et dans ce cas, ils n'en avaient plus pour longtemps avant de se retrouver naufragés pour de bon...

Lidjung grimpa à son tour sur la dunette. Il n'eut pas besoin de réfléchir longtemps pour saisir ce qui tracassait Blade.

— Combien de temps avant qu'on aille nourrir les poissons ? fit-il d'une voix éteinte.

— Je n'en sais rien, l'ami... Mais on ne va pas se laisser avoir sans se battre, d'accord ?

Le Khorien leva son visage anguleux vers le ciel.

— Par toutes les putains de Yelana, pourquoi tu nous a fais ça ! hurla-t-il à l'azur immobile.

Les autres survivants s'étaient rassemblés sur le pont encombré de débris. Il y avait une dizaine de blessés et une vingtaine de personnes valides, dont douze marins. Ces derniers fixaient d'ailleurs Blade avec défiance.

— Il faut jeter à l'eau tout ce qui ne sert à rien ! dit Blade sur un ton de commandement. Et faites le compte de ce qui nous reste en nourriture et en eau !

Les hommes sur le pont se regardèrent.

— On n'a pas à recevoir d'ordre d'un métèque du Nikkan ! s'exclama soudain l'un des marins.

Les yeux de Blade s'étrécirent. Il en avait trop enduré depuis les dernières heures pour supporter que des imbéciles se mettent en travers de son chemin. Une seconde plus tard, le poignard commando avait jailli dans sa main.

— S'il y en a qui ne sont pas d'accord, qu'ils montent me le dire en face !

Un grognement de mécontentement monta du pont mais le marin qui avait défié Blade se retrouva finalement tout seul.

— Bien joué, l'ami, approuva Lidjung. Tu m'as fait peur quand t'as tiré ton couteau bizarre et je suis soulagé que ce porc de matelot n'ait pas insisté...

Blade fit une grimace.

— Peut-être, mais ce n'est pas comme ça que je ferai régner la confiance sur ce rafiot... J'ai été stupide de m'emporter !

Lidjung posa la main sur son épaule.

— Prouve-leur que tu n'es pas un pitre de marchand qui se prend subitement pour un grand chef et ils te suivront comme des moutons qu'ils sont...

Une bonne heure plus tard, tous les débris qui encombraient le pont avaient été jetés à la mer et Lidjung avait une bonne estimation de ce qui leur restait en vivres. Il était en train d'en faire part à Blade quand l'homme qui avait grimpé en haut des restes du gaillard d'avant cria qu'il y avait une voile à l'horizon.

Le visage de Lidjung se ferma.

— Si loin des côtes, ça pourrait bien être des pirates...

Dès que le bateau fut assez proche, Blade eut vite fait de comprendre que le Khorien avait raison...

CHAPITRE IX

Le pirate était un navire effilé, une espèce de galère à deux mâts à la proue armée d'un éperon. Lui ne semblait pas avoir souffert de l'infernale tempête et se dirigeait avec détermination vers l'épave de la *Belle de Tigan* qui avait le plus grand mal à rester à flot.

— Ces chiens se sont mis à l'abri et maintenant ils écument la mer pour mettre le grappin sur tout ce qui a survécu ! grogna Lidjung. Mais qu'est-ce que nous avons fait aux Dieux pour avoir tant de malchance !

Blade ne répondit rien et continua à observer la progression régulière et déterminée du pirate dans leur direction.

La galère se rapprocha assez vite. Elle fit un premier passage à quelques encablures de l'avant de la nef désemparée puis s'éloigna un peu.

Par mesure de précaution, Blade avait ordonné à tous les survivants de se cacher dans l'espoir que les pirates dédaigneraient peut-être une proie aussi mal en point. Bien sûr, les chances qu'un tel miracle se produise étaient infimes mais cela ne coûtait rien d'essayer...

Blade et Lidjung avaient, eux, pris place dans les restes — il n'y avait pas d'autres mots — de l'appartement du capitaine et suivaient par une des fenêtres brisées la manœuvre de l'ennemi.

— Dommage que nous ayons jeté tous les morts à la mer, fit le Khorien. On aurait pu en mettre quelques-uns bien en évidence pour améliorer le tableau.

Blade lui prit le bras et lui fit signe de regarder par la fenêtre.

— Cela n'aurait servi à rien, l'ami... Ils viennent voir s'il n'y a pas quelque chose à récupérer.

Lidjung jeta un coup d'œil dehors puis se redressa.

— Alors, ils vont voir à qui ils ont affaire !

Blade se tourna vers lui, l'air soudain agacé.

— La bataille dans le désert ne t'a donc pas suffi comme leçon ? Et là-bas, nous n'étions qu'à un contre deux alors qu'ici, ça va être du un contre... dix ! Sans compter qu'ils sont probablement armés jusqu'aux dents, ajouta-t-il en désignant du doigt la galère qui venait de stopper à une centaine de mètres à peine.

Deux embarcations furent rapidement mises à l'eau et se dirigèrent vers la *Belle de*

Tigan. Dans quelques minutes ce serait le début de la fin pour les naufragés.

— Crois-moi, nous sommes maudits! souffla Lidjung à Blade. Maudits, tu entends!

Les pirates montèrent à bord de la nef désemparée et ne tardèrent pas à découvrir ses occupants. Blade et Lidjung sortirent les premiers et furent accueillis par les cris des pirates ravis à la perspective de faire des prisonniers aussi facilement.

Blade vit que les hommes de la galère étaient des combattants aguerris, à la peau tannée par le soleil et l'air de la mer. La plupart étaient pieds nus et n'étaient vêtus que d'une culotte descendant jusqu'aux genoux. Mais tous avaient l'air féroce et bien décidés à profiter au maximum de la proie sans défense dont ils venaient de s'emparer.

Le plus grand d'entre eux, une sorte de colosse à la peau noire et dont la moitié du nez, ainsi qu'une partie de la joue droite, avaient été arrachés par un mauvais coup, s'approcha de Blade qui était en train de faire sortir la vingtaine de survivants.

— Je vois que t'es du Nikkan? grogna-t-il en montrant la grosse boucle qui pendait à l'oreille de Blade.

Celui-ci acquiesça. On lui avait dit à Randth que les pirates étaient souvent de ce royaume et peut-être que le géant défiguré montrerait quelque attention pour ses compatriotes.

— Mon camarade aussi..., fit-il en désignant Lidjung. Nous sommes des marchands. Nous allions au Nazarn mais nous avons tout perdu dans cette tempête...

Le gros pirate le fixa d'un œil mauvais. Il avait la tête d'un gorille qui aurait pris un coup de machette dans la figure.

— Comme ça, vous alliez au Nazarn ? dit-il d'une voix rauque et éraillée. Ça tombe bien, nous aussi...

Puis il sembla se désintéresser des deux hommes et cria à ses marins d'aller faire un tour dans les cales de la *Belle de Tigan*. Les pirates se répandirent en quelques secondes dans le bateau. La première chose qu'ils découvrirent furent bien sûr les blessés que Blade avait fait mettre à l'ombre.

Les pirates les sortirent sans ménagement du gaillard d'arrière et les jetèrent comme des sacs de chair sur le pont. Un concert de cris de douleur emplit l'air surchauffé.

— Bon sang, ne vois-tu pas qu'ils sont blessés ! jeta Blade au géant noir.

Pour toute réponse, celui-ci se retourna d'un coup et gifla Blade du revers de la main. Sous le choc, celui-ci alla cogner contre l'escalier menant à la dunette. Il resta quelques secondes à moitié assommé puis se releva d'un bond et se jeta sur le pirate qui le regardait en riant.

Mais avant qu'il soit sur lui, deux marins

l'attrapèrent et le précipitèrent au sol. Blade parvint à en assommer un presque tout de suite. Il allait s'occuper de l'autre quand il sentit la pointe d'une lame se poser contre son cou.

— Un geste de plus et je te tranche la gorge, sale porc ! jeta le géant défiguré.

Blade jura mais n'insista pas. L'autre l'obligea à se relever et le poussa vers Lidjung qui suivait la scène avec appréhension. En revenant près du Khorien, Blade essuya le sang qui avait jailli de l'endroit où les doigts bagués avaient frappé son visage.

— Tu veux nous faire tuer, ou quoi ? souffla Lidjung.

Blade allait répondre lorsque des hurlements le firent se retourner.

Le géant noir venait d'ordonner à ses hommes d'achever les blessés. Cinq pirates sortirent leurs couteaux et se penchèrent sur les victimes de la tempête. Celles-ci essayèrent de leur échapper. Les coups de pied se mirent à pleuvoir sur les malheureux cloués au sol. Les lames des couteaux s'abattirent et, un instant plus tard, il ne restait plus que dix corps immobiles en train de baigner dans leur sang.

Le géant jeta un regard de défi à Blade et cria aux autres rescapés de se déshabiller immédiatement.

— Et c'est valable pour vous deux ! hurla-t-il à Blade et à Lidjung.

Un moment plus tard, le chef des pirates

commença à examiner les prisonniers nus. A chaque fois qu'il en écartait un, celui-ci était saisi par deux de ses hommes et égorgé sur-le-champ. Lorsque le géant eut fini sa tournée, il ne restait plus que treize survivants terrorisés.

— Ils ont éliminé les plus faibles..., souffla Lidjung à Blade. On va être vendus comme esclaves !

Le géant ne daigna même pas regarder les deux hommes et ordonna que tous les prisonniers soient conduits sur la galère.

Pendant que le canot surchargé s'approchait du navire pirate, les hommes de celui-ci mirent le feu à la *Belle de Tigan* après avoir compris qu'ils ne trouveraient rien d'intéressant à son bord.

La dernière vision qu'eut Blade avant d'être sauvagement précipité dans les cales de la galère fut celle d'une colonne de fumée noire grimpant haut dans le ciel d'un bleu électrique.

— Ne nous plaignons pas, souffla-t-il à Lidjung qui venait d'être enchaîné à ses côtés. Nous allons tout de même arriver au Nazarn...

Le Khorien le regarda en se demandant s'il n'était pas devenu fou.

***

Les rescapés de la *Belle de Tigan* étaient loin d'être les seuls prisonniers des pirates :

une bonne centaine d'hommes étaient enchaînés dans la cale de la galère, juste en dessous du pont des rameurs. Il y avait aussi des femmes mais elles servaient pour l'instant de distraction au commandant pirate et à ses officiers. Elles ne redescendraient parmi les autres que juste avant l'entrée du port.

La galère était autrement plus rapide que la nef marchande qui avait été prise dans la tempête. Le voyage jusqu'au port de Whlo — qui possédait le plus grand marché d'esclaves de la côte occidentale de la mer de Phora et qui était tombé depuis quelques semaines sous le contrôle des rebelles — ne prit qu'un jour et demi. Blade calcula qu'ils avaient pratiquement gagné deux jours sur leurs prévisions.

— Parce que tu crois qu'ils vont nous faire des courbettes et nous relâcher en nous remerciant d'avoir bien voulu les accompagner ! s'exclama à voix basse Lidjung quand Blade lui fit part de ses pensées. Ma parole, la gifle de ce monstre noir t'a dérangé l'esprit, ou quoi ?

Blade lui fit signe de se taire.

— Moins fort, l'ami, on nous regarde... Nous ne sommes pas du genre à rester longtemps esclaves, non ? ajouta-t-il avec une confiance plutôt forcée.

⁂

A peine la galère avait-elle raclé contre le quai que les écoutilles s'ouvrirent laissant le passage à une trentaine de pirates en armes qui s'empressèrent de détacher les prisonniers et de les enchaîner deux par deux. Blade et Lidjung se retrouvèrent attachés ensemble et furent parmi les premiers à quitter la cale puante et sombre, juste derrière la dizaine de femmes nues et épuisées que les pirates avaient renvoyées après les avoir obligées des jours durant à assouvir leurs instincts bestiaux.

Après tant d'heures passées dans l'obscurité, le soleil déchirant les aveugla pendant plusieurs minutes, le temps qu'ils traversent le pont principal en direction de la passerelle menant au quai.

Là, les prisonniers furent regroupés à coups de fouet, les hommes d'un côté et les femmes de l'autre. Puis le géant noir fit son apparition et descendit à son tour sur le quai. Déjà, une petite troupe s'avançait à leur rencontre et Blade eut son premier véritable contact avec les rebelles.

Ceux qui s'approchaient devaient être des soldats car ils portaient le même burnous bleu clair que les assaillants de la caravane khorienne dans le désert. Ils passèrent entre les nombreuses caisses qui encombraient le quai avant de s'arrêter non loin des prisonniers et de leurs geôliers. Blade put alors remarquer combien leurs visages étaient fermés et leurs yeux brillants et fixes. La marque du fanatisme, quel qu'il soit...

L'homme qui était en tête se détacha de l'escouade et vint se planter devant le pirate défiguré.

— Ce sont des esclaves à vendre ? l'entendit demander Blade.

— Non, du poisson..., répliqua moqueusement le géant noir. J'ai ramassé ces chiens sur la mer de Phora et j'espère bien qu'on va m'en débarrasser le plus vite possible contre des espèces sonnantes et trébuchantes !

L'officier de quai ne parut pas du tout apprécier le ton du pirate.

— Tu devrais surveiller ta langue, hérétique ! gronda-t-il en posant la main sur la poignée de son sabre. Sache que je n'ai qu'un mot à dire pour que ton bateau soit incendié par les catapultes du port...

Presque malgré lui le géant défiguré leva les yeux et aperçut les engins de guerre au sommet de la tour qui dominait la rade. Et les fumées qui s'élevaient près des capapultes indiquaient qu'il ne faudrait pas longtemps à leurs servants pour expédier une pluie de projectiles incendiaires sur la galère.

Visiblement, cette éventualité le fit réfléchir et la suite de sa brève conversation avec le soldat se fit sur un ton nettement plus modéré.

Les prisonniers furent ensuite poussés vers des baraquements à claire-voie. Là, des esclaves leur apportèrent des baquets d'eau et on leur ordonna de se laver. Tout en se frottant le corps, Blade remarqua que les esclaves en questions étaient tous mutilés d'une manière ou d'une autre. L'un d'eux avait même eu les oreilles et le nez tranchés et sa tête n'était plus qu'un masque affreux et grotesque. Décidément, ils avaient intérêt, lui et Lidjung, à ne pas rester très longtemps esclaves dans le coin...

D'après ce qu'il entendit de la conversation entre l'officier de quai et le pirate géant, Blade en conclut qu'un acheteur allait se présenter dans l'heure qui venait. Blade crut également comprendre que c'était un seigneur de Dryden, la capitale de la province rebelle, arrivé la veille à Whlo dans le but, justement, d'acheter du bétail humain. Le pirate parut ravi de ce hasard qui lui permettrait peut-être d'éviter une partie des taxes exigées par les nouveaux maîtres de la ville.

***

La chaleur sécha rapidement les prisonniers qui durent rester debout un long moment avant que l'acheteur fasse enfin son apparition sur le quai, escorté par deux esclaves portant une ombrelle et un grand éventail pour rafraîchir un peu leur maître.

Le seigneur portait un ample vêtement rouge et or qui lui tombait jusqu'aux chevilles. Une sorte de calotte dorée couvrait son crâne rasé. Lui aussi avait les traits durs qui semblaient caractériser les habitants de cette région du monde. Sa bouche n'était qu'une ligne plus sombre que sa peau comme s'il ne cessait de se pincer les lèvres, et une courte moustache la séparait d'un nez légèrement aquilin. Mais ce qui frappa le plus Blade ce furent ses yeux bleus car c'était la première fois qu'il en voyait de pareils depuis son arrivée dans cette Dimension X.

L'homme discuta quelques secondes seulement avec l'officier et le pirate noir. Puis, il se tourna vers les prisonniers et commença son inspection.

Il prit deux des femmes après avoir palpé leurs corps nus sous toutes les coutures. Mais il avait bon goût car c'étaient les plus belles du lot.

La tournée des hommes fut expédiée à la même vitesse, preuve que le seigneur n'avait guère de soucis d'argent. Blade et Lidjung étaient en bout de rang. Ils virent s'approcher l'homme à la calotte dorée et celui-ci s'arrêta devant eux. Il les dévisagea, scruta leurs corps avec l'œil d'un maquignon.

Et soudain, il s'arrêta. Blade suivit son regard et s'aperçut que l'homme fixait son anneau au doigt. Le signe de ralliement pour les espions du Yelana...

— Prenez aussi l'homme qui est à ma gauche..., souffla Blade sans remuer les lèvres.

CHAPITRE X

Dès que le seigneur nazarni eut terminé son choix, les esclaves qu'il venait d'acheter furent poussés par les soldats en burnous bleu en dehors du bâtiment. Les gens qu'ils croisèrent sur le quai ne leur prêtèrent aucune attention, comme s'ils n'existaient pas. Un peu plus loin, un chariot tiré par deux oxys les attendait. C'était une sorte de bétaillère dans laquelle ils furent rapidement enfermés. Il ne s'était pas déroulé plus d'une demi-heure depuis que Blade avait découvert que leur acheteur n'était autre que le seigneur Troon, la nouvelle recrue de choix du roi Menkh dans la province rebelle...

Blade et Lidjung se retrouvèrent donc avec la demi-douzaine d'esclaves que venait de s'offrir Troon, sans paraître devoir bénéficier d'un meilleur traitement que leurs compagnons d'infortune. Tous étaient nus et attachés solidement au plancher du chariot. Un moment, Blade craignit s'être trompé sur le compte du Nazarni mais il lui vint immédiatement à l'esprit que celui-ci ne tenait pas à attirer l'attention en leur octroyant un quelconque traitement de faveur. Il fit donc signe discrètement à Lidjung que tout allait bien et s'employa ensuite à observer ce qui se passait autour d'eux.

Troon réapparut bientôt et jeta un vague coup d'œil dans la cage aux esclaves avant de monter dans le dais fixé sur le dos d'un gros oxy vert foncé attendant un peu plus loin. Ce fut le signal du départ et le petit convoi s'ébranla en direction de la sortie de la zone portuaire.

Les pattes griffues des insectes géants avaient du mal à s'accrocher aux pavés des rues tortueuses de Whlo et l'allure ne dépassa jamais celle d'un homme au pas.

Le port nazarni était complètement assoupi sous le soleil. Bien peu de ses habitants étaient dans les rues, préférant sans doute rester à l'abri de la chaleur dans leurs maisons ocre aux toits plats. Peut-être voulaient-ils aussi éviter au maximum les nombreuses patrouilles de soldats bleus qui allaient et venaient sans cesse dans les rues, contrôlant tout ce qui leur semblait suspect. La ville n'avait été « délivrée » que récemment par les fanatiques de Zanthun et, visiblement, ceux-ci avaient à cœur de traquer tous ceux qui pourraient se révéler être des fauteurs de troubles...

Blade remarqua également à plusieurs reprises la présence d'étranges personnages masqués vêtus de noir, malgré la chaleur étouffante, et que tout le monde, y compris les soldats, paraissait éviter avec respect. Sans doute des prêtres ou quelque chose de ce genre...

Le convoi finit par atteindre les limites de la ville dont les murs portaient encore les traces des affrontements qui avaient précédé sa reddition. Blade découvrit alors le paysage rocailleux de la province du Sud. La route de Dryden, la capitale, partait en serpentant au travers de collines recouvertes d'une végétation rare luttant perpétuellement contre la sécheresse. Et une chaleur étouffante s'empara des esclaves prisonniers du chariot.

*
**

Une heure à peine après être arrivé dans sa demeure, le seigneur Troon fit amener devant lui Blade et Lidjung. Puis il congédia tous les esclaves qui se trouvaient dans la pièce et resta quelques secondes à détailler du regard ces deux hommes mystérieux. Il se releva ensuite à moitié de l'énorme coussin qui lui servait de siège et se servit une tasse d'une boisson foncée dont l'odeur rappelait celle de la chicorée.

Pendant ce temps, Blade observa rapidement les lieux. La pièce était assez grande mais restait fraîche et ses murs crépis étaient en partie recouverts de grandes tentures aux couleurs vives. Il n'y avait aucun ameublement en dehors d'innombrables coussins bariolés entassés par endroits. Blade devina que c'était une sorte de cabinet particulier où Troon devait prendre du bon temps avec ses femmes esclaves...

Le seigneur nazarni reposa délicatement sa tasse sur l'unique table basse recouverte d'une feuille d'or puis, après quelques secondes supplémentaires de réflexion, il releva sa tête rasée et fixa les deux hommes l'un après l'autre.

— Je vois qu'on vous a fourni des vêtements..., fit-il en désignant du doigt les amples pantalons beiges de ses deux hôtes.

Les deux hommes acquiescèrent.

— Je suppose que vous êtes le seigneur Troon ? demanda alors Blade sur un ton volontairement respectueux.

Le Nazarni l'arrêta d'un geste.

— Pour l'instant, dit-il d'une voix sèche, c'est moi qui pose les questions ! Oui, je suis le seigneur Troon et vous, qui êtes-vous ?

Blade leva la main de manière à ce que le riche Nazarni puisse bien voir l'anneau en forme de serpent en train de se mordre la queue.

Troon se leva d'un coup et s'approcha de lui. Il lui prit la main et scruta la bague. Puis il fit la même chose pour Lidjung.

Quand il releva la tête, ses yeux bleus brillaient d'un éclat bizarre.

— Le roi Menkh n'a pas attendu longtemps avant de faire appel à mes services, à ce que je vois...

Blade hocha la tête.

— Je pense que vous devinez ce qui le préoccupe ? demanda-t-il à voix basse.

— Vous pouvez parler ici en toute tranquillité. Personne ne nous écoute et ces murs ont la réputation d'étouffer jusqu'aux cris de plaisir de mes femelles les plus bruyantes ! Oui, je m'en doute, poursuivit-il. Ce dément de Nazarn a fait enlever sa future femme. Folie que tout cela !

— Nous sommes venus pour essayer de la délivrer..., fit Lidjung.

Le seigneur Troon le regarda comme s'il venait de proférer une énormité.

— Depuis quand le roi du Yelana emploie-t-il des agents natifs du Nikkan ? N'y a-t-il plus un homme digne de ce nom dans son royaume ?

— Nous ne sommes pas des Nikkans, répliqua Blade en faisant un pas en avant. Ceci n'est qu'un déguisement pour nous faciliter l'entrée dans la province rebelle... Cela dit, nous ne sommes pas non plus du Yelana.

Troon se retourna d'un coup et alla remplir à nouveau sa tasse. Il paraissait agacé par ce que venait de lui déclarer Blade.

— Je n'aime pas du tout ça ! grogna-t-il

en revenant vers les deux hommes. Je n'ai jamais eu confiance dans les mercenaires étrangers. Combien vous a-t-on payé pour venir dans ce piège ?

— Rien, répondit Blade d'une voix sèche. Absolument rien.

— Alors, c'est que vous êtes aussi fou que Nazarn lui-même, ce qui n'est pas peu dire ! Et...

Blade l'interrompit :

— Nous sommes là, car nous sommes les deux seuls survivants de la caravane qui emmenait la princesse Tarra ! Lidjung commandait l'escorte khorienne.

— Et je parie que toi tu étais l'amant du moment de la princesse..., le coupa Troon avec une intuition qui laissa Blade sans voix.

Il y eut un bref instant de silence pendant que les trois hommes s'observaient. Ce fut le Nazarni qui reprit le premier la parole :

— Alors, si ce que vous dites est vrai, vous avez de bonnes raisons d'être là... Je m'étonne seulement que le roi Menkh n'ait envoyé que deux hommes pour organiser une opération aussi risquée.

— Nous devons compter sur l'aide des agents du Yelana à Dryden, dit Lidjung en tripotant sans s'en rendre compte le trou qui perçait son oreille droite, là où s'était trouvé l'anneau que les pirates s'étaient empressés de lui voler. De toute façon, je ne vois pas comment un commando entier aurait pu pénétrer dans cette ville sans se faire repérer !

— C'est vrai..., admit Troon. Les chiens de garde de la Foi fouinent partout. Un peu trop d'ailleurs à mon goût...

— C'est ce qui a motivé votre changement... d'opinion, si je puis me permettre ? fit Blade.

Troon le fixa et un sourire s'inscrivit brièvement sur la fine ligne de ses lèvres.

— Sachez que je suis avant tout un commerçant et que peu m'importait qui dirigeait le pays. Mais ce dément qui se dit être le Prophète de Zanthun a poussé les choses un peu loin et n'a pas compris que religion et commerce ne devaient jamais rien à voir ensemble !

Blade déduisit de la tirade du Nazarni que celui-ci avait des activités un tant soit peu répréhensibles, aussi préféra-t-il changer de sujet.

— Le principal est que vous soyez avec nous, Seigneur, affirma t-il. Sans un homme de votre importance de notre côté, l'entreprise aurait été sans doute impossible à mener à bien...

Troon acquiesça, l'air vaguement préoccupé :

— La première chose à faire est de vous enlever cette ceinture noire qui vous couvre le corps. Elle vous rend aussi peu discret qu'une femme dans le Temple de Zanthun !

Lidjung se racla la gorge.

— Seigneur, si je ne vois pas de problème pour moi, par contre, le remède risque d'être pire que le mal en ce qui concerne mon ami. Il vient du Nord et a une peau bien trop claire qui...

Troon l'arrêta.

— Je sais ce que nous allons faire pour duper ces imbéciles qui se croient tout permis. Nous allons le transformer en Possédé de Zanthun !

Blade fronça les sourcils.

— N'aie crainte, continua Troon en triturant sa petite moustache. On ne te lacérera pas le visage...

Blade lança un regard bizarre à Lidjung qui haussa discrètement les épaules alors que le Nazarni venait de leur tourner le dos.

— Vous avez dû voir ces hommes en noir portant un masque de tissu, non ? fit soudain Troon en les fixant à nouveau. Il y en a plein les rues !

Les deux hommes hochèrent la tête.

— Je croyais que c'étaient des prêtres...

Le seigneur nazarni eut un petit rire.

— Des prêtres ? Ils ne sont pas aussi fous qu'ils en ont l'air dans les cérémonies publiques. Les seuls vrais déments en dehors de Nazarn lui-même sont les Possédés. Savez-vous pourquoi ils portent un masque et des vêtements qui leur couvrent la totalité du corps ?

Voyant l'air étonné des deux envoyés du

roi Menkh, Troon eut un autre petit rire. Méprisant, cette fois.

— Eh bien, je vais vous le dire : parce que ces malades mentaux se sont mis dans la tête que Zanthun les apprécierait plus s'ils se lacéraient le corps. Ils étaient tellement horribles à voir que le prophète les a obligés à revêtir un masque. Et pour les calmer, il en a fait un ordre à part. Les croyants voient en eux des saints. Et tu vas devenir l'un d'eux...

Blade entrevit immédiatement les avantages que pouvait offrir un tel déguisement. Surtout lorsqu'il apprit à quel point les Possédés jouissaient de liberté de mouvements dans un pays où régnaient la loi martiale et la dictature religieuse...

— Cela dit, avança Lidjung, il me semble que nous n'avons pas encore parlé du principal... Où se trouve la princesse Tarra ?

Le seigneur nazarni but une gorgée de liquide brun et fit claquer sa langue.

— Elle est ici. Les hommes qui vous l'ont volée l'ont amenée directement à Dryden. Officiellement, personne n'est au courant, mais vous savez comme moi qu'il est impossible d'empêcher la rumeur de courir, surtout lorsqu'il y a plusieurs centaines de personnes au courant. Je veux parler des soldats qui vous ont attaqués, bien sûr...

— Et vous ne savez pas où elle est retenue prisonnière dans cette ville ? insista Blade.

Un rayon de soleil s'infiltra à cet instant

dans la pièce par l'une des étroites fenêtres et vint frapper la calotte dorée qui recouvrait le crâne rasé de Troon. On aurait dit que la grâce divine venait de toucher le seigneur nazarni... Mais celui-ci pensait à bien autre chose.

— Personne ne le sait encore vraiment mais les rumeurs les plus solides parlent du temple même de Zanthun. Cela se comprendrait car c'est probablement le lieu le mieux gardé de tout le pays. La plupart des gens que vous croisez dans les rues se feraient tuer sans discuter pour empêcher qu'un hérétique y pose le pied...

Blade leva les yeux au ciel.

— Je vois que tout se ligue contre nous...

Le seigneur nazarni eut un de ces petits sourires de quelques secondes qui semblaient être une de ses spécialités.

— Ne soyez pas pessimistes, toi et ton ami. Il y a certainement des dieux qui sont en train de prendre ombrage de la soudaine popularité de Zanthun le Sanguinaire. Sinon, comment pourrait-on expliquer l'incroyable hasard qui nous a fait nous rencontrer ce matin sur les quais du port de Whlo ?

— C'est un point de vue qui se tient, admit Lidjung qui avait toujours eu un côté superstitieux. Mais, il faudrait qu'ils mettent encore plus du leur car nous allons en avoir bien besoin...

— En parlant de dieux, le coupa Blade, le roi Menkh nous a dit qu'un des prêtres du

Temple était l'un de ses agents. Le connaissez-vous ?

Le visage de pirate barbaresque de Troon prit une mine ennuyée.

— Quelle question... Bien sûr que je le connais. Nous avons fait de nombreuses affaires, Tarkeh et moi. C'est d'ailleurs lui qui m'a convaincu de changer de camp, malgré les risques que cela représente pour moi.

Dans d'autres circonstances, le cynisme tranquille du seigneur Troon aurait amusé Blade. Aujourd'hui, il avait surtout tendance à l'énerver.

— Où peut-on rencontrer ce Tarkeh ? grogna-t-il au seigneur nazarni.

— Mais où cela vous arrangera le plus, mes amis. Au Temple de Zanthun...

CHAPITRE XI

Blade se regarda dans le miroir que lui tenait l'esclave du seigneur Troon et se trouva sinistre dans son nouvel accoutrement.

— L'ami, tu as l'air aussi peu engageant que les épouvantails noirs que nous avons vus dans les rues..., lui dit Lidjung qui avait repris sa couleur de peau naturelle.

Troon fit le tour de Blade en examinant son déguisement sous toutes les coutures.

— Je crois que c'est parfait. Un mot de tout ceci à qui que ce soit, continua-t-il à l'attention de l'esclave, et je te promets que tes enfants seront égorgés dans l'heure qui suit... Compris ?

Le visage de l'esclave devint presque gris et l'homme s'empressa de rassurer son maître.

— Bien, déclara alors ce dernier avec un sourire légèrement forcé, j'ai fait avertir Tarkeh qu'il allait recevoir une visite de la plus haute importance. Ne perdons pas de temps en de vaines paroles car les heures nous sont probablement comptées...

— Je t'accompagne, l'ami ! fit Lidjung. On ne sera pas trop de deux dans cet antre de serpents !

— C'est hors de question, répondit Troon à la place de Blade. Le Temple de Zanthun est interdit à la populace et ta présence pourrait paraître suspecte. Il ira seul !

— Et puis, s'il m'arrive quelque chose, il faudra bien que quelqu'un reprenne les rênes de l'opération, dit Blade, plus pour ne pas vexer Lidjung que par véritable conviction personnelle dans les qualités d'organisateur de complot du commandant khorien...

*
**

Le déguisement de Blade fonctionna à merveille dès qu'il eut fait ses premiers pas dans la rue. Cette dernière était bloquée non loin de là par un traîneau qui s'était mis en travers de la chaussée pavée et un grand nombre de passants restaient là à contempler le spectacle, finissant d'obstruer complètement la rue. Lorsque Blade apparut, une femme poussa un cri de surprise et, instantanément, la foule se rendit compte de sa présence. Il y eut un mouvement soudain parmi les badauds dont la masse s'ouvrit pour laisser passer celui qu'ils prenaient pour un Possédé de Zanthun...

Trouver le chemin du Temple ne prit guère de temps à Blade. Dryden, vieille cité millénaire, avait été construite et reconstruite suivant le même plan concentrique ayant le Temple de Zanthun pour centre et la flèchc de celui-ci dépassait d'une bonne cinquantaine de mètres les plus hauts bâtiments de la capitale de la province rebelle. Il suffisait donc de prendre la première rue droite perpendiculaire à celles qui étaient courbes pour arriver inéluctablement en vue de l'énorme masse de pierre rougeâtre qui servait de sanctuaire au dieu avide de sang.

Sous ses vêtements noirs et derrière son masque de cuir, Blade endurait le martyre. Il sentait des ruisseaux de sueur couler le long de son corps et devait faire un effort surhumain pour conserver la démarche dignc et raide des Possédés. Et comme le soleil était encore haut dans le ciel, les zones d'ombres étaient plutôt rares dans les rues, sans compter que les murs clairs des maisons semblaient s'ingénier à renvoyer le maximum de chaleur sur les passants...

Une vague de soulagement s'empara de Blade lorsqu'il parvint enfin en vue du Temple.

Celui-ci était construit sur une élévation de terrain artificielle dont la construction avait dû être un travail titanesque. Un immense escalier d'une cinquantaine de mètres de large permettait aux fidèles d'accéder à la cour pavée prise dans le fer à cheval formé par le Temple et ses ailes. Ces dernières étaient constituées de murailles cyclopéennes qui s'élevaient progressivement jusqu'au moment où elles rejoignaient le corps principal de l'édifice couleur sang, une coupole de presque cent mètres de diamètre de laquelle jaillissait la flèche pointue qu'on apercevait à des kilomètres à la ronde et qui était surmontée par l'emblème de Zanthun : un crâne humain stylisé, en pierre noire, d'une bonne quinzaine de mètres de haut. Lorsqu'il l'avait aperçu pour la première fois, Blade avait eu l'impression de découvrir les restes d'un titan empalé à la suite d'une bataille aux proportions inhumaines...

En arrivant au pied des escaliers monumentaux, Blade entra d'une certaine manière dans un autre monde. Une chaussée où quatre oxys, au moins, pouvaient se croiser en même temps ceinturait l'élévation de terrain artificielle. Sur le moment, Blade n'y fit pas attention puis il s'aperçut qu'aucun être humain « ordinaire » n'était en vue et que seule une demi-douzaine de Possédés parcouraient la chaussée de leur pas raide, tels des fantômes sombres et mystérieux. Aucun d'eux ne parut faire attention à lui et ils s'écartèrent tous de son chemin avec le même empressement que le reste des habitants. Décidément ce n'était pas gai d'être un Possédé de Zanthun !

Blade essaya de ne plus penser à l'abominable chaleur qui le mettait en ébullition sous son déguisement et commença l'ascension des marches immenses qui s'élevaient devant lui. Il se sentit si seul, insecte noir perdu sur cette montagne de pierre rouge, qu'il eut alors la sensation désagréable d'être fixé par la ville tout entière. Il éprouva un réel soulagement en parvenant enfin à la cour centrale du Temple. Et pourtant, il était parfaitement conscient que, pour la première fois depuis son arrivée dans cette Dimension X, il venait de mettre les pieds dans le repaire du loup... Bizarrement, cette pensée parut plutôt le rassurer car il allait enfin pouvoir s'attaquer à son véritable adversaire dans cette aventure...

***

Tarkeh faisait penser à un renard qui aurait pris forme humaine sans pour autant réussir à dissimuler certaines caractéristiques de ses origines animales.

Le prêtre de Zanthun avait en effet un nez très long vissé au centre d'un visage triangulaire. Ses yeux étaient petits et luisants comme des boutons de bottine et le moins qu'on puisse dire était que le personnage, enveloppé dans un grand manteau à capuchon de la même teinte rougeâtre que le Temple, n'inspirait pas vraiment confiance...

Blade avait suivi les instructions du seigneur Troon et s'était rapidement retrouvé à l'intérieur du Temple surmonté de son affreux crâne de pierre. Il régnait une certaine agitation à l'intérieur de l'édifice. Des soldats bleus allaient et venaient telles des fourmis affairées. Blade croisa également des dizaines de prêtres mais personne ne lui accorda plus d'attention qu'à l'extérieur : les Nazarnis faisaient semblant de ne pas le voir jusqu'au moment où ils faisaient un brusque écart pour l'éviter. Blade aperçut quelques autres Possédés qui erraient au travers de cette agitation comme des spectres noirs condamnés à hanter le sanctuaire de la Mort qu'était redevenu le Temple de Zanthun le Sanguinaire.

Connaissant le chemin à suivre pour retrouver Tarkeh dans son repaire, Blade n'avait pas eu besoin de demander sa route et quitta bientôt les larges couloirs de la base du bâtiment central pour pénétrer dans le labyrinthe d'escaliers qui desservait les ailes. Ou plutôt le premier quart de celles-ci qui se transformaient ensuite en simple muraille de pierre allant en se rétrécissant.

Quelques minutes plus tard, Blade parvint enfin tout en haut d'un escalier en colimaçon et se retrouva devant la porte ovale de la cellule de Tarkeh.

Le prêtre laissa entrer Blade sans prononcer un seul mot. Puis il referma soigneusement l'épaisse porte de bois.

— Maintenant tu peux quitter ce déguisement infâme, dit-il alors d'une voix un peu éraillée. Si tu n'avais pas été un imposteur, jamais je n'aurais toléré quelqu'un pareillement vêtu dans ma cellule !

Blade ne se le fit pas dire deux fois et c'est avec un soulagement évident qu'il ôta son masque et ouvrit le plus possible son vêtement noir. Il faisait chaud dans la cellule mal aérée mais c'était le paradis à côté de ce qu'il venait d'endurer...

Les yeux de Tarkeh s'étrécirent lorsqu'il vit le visage de Blade.

— Un étranger ! Mais...

Blade l'interrompit et lui expliqua en quelques phrases la raison de sa présence à Dryden. Le prêtre l'écouta et ses traits se détendirent au fur et à mesure que le récit de son visiteur avançait.

— Et maintenant, fit Blade, sais-tu oui ou non où se trouve la princesse Tarra ? Troon lui-même n'a pas été capable de me le dire...

— Rassure-toi, répondit Tarkeh, Nazarn lui-même va l'annoncer ce soir à la population. La rumeur de la capture court depuis plusieurs jours mais cette confirmation de la bouche même du prophète va sûrement faire grand bruit !

Blade poussa un soupir :

— Voilà qui ne va pas faire plaisir au roi

Menkh mais c'était une chose facilement prévisible.

— Que le roi du Yelana ait cru le contraire me semble étrange, remarqua Tarkeh. Dans quelques jours au plus, tout le monde sera au courant du destin de la princesse, y compris le roi de Khor, son père...

Blade alla s'asseoir sur la banquette basse qui constituait l'unique mobilier de la cellule mal éclairée par une minuscule fenêtre carrée.

— Il ne nous reste donc que peu de temps pour agir, dit-il, les yeux fixés sur les carreaux rectangulaires du sol. Il faut absolument que Tarra soit libérée avant que la nouvelle se soit répandue officiellement dans la région. Pour que les relations entre le roi de Khor et celui du Yelana ne s'enveniment pas et pour que Nazarn perde rapidement ce moyen de chantage...

Cette dernière réflexion fit froncer les sourcils du prêtre.

— Je comprends très bien que le roi Menkh soit soucieux de réparer son imprudence mais je dois avouer que cette histoire de chantage m'échappe.

— C'est pourtant évident, déclara Blade en se relevant. Même si le roi de Khor fait passer son pays avant sa famille, comme il se plaît paraît-il à le clamer un peu partout, l'honneur de la nation khorienne lui interdira de sacrifier délibérément un membre de la famille royale. Et de quoi aura l'air Menkh s'il pousse Nazarn à exécuter celle qui devait devenir reine du Yelana ? Avec la princesse Tarra, votre damné prophète possède un otage de premier choix et tant qu'il la détiendra entre ses mains, il sera certain que ses ennemis y regarderont à deux fois avant de tenter quoi que ce soit d'envergure contre lui. Pas de doute qu'il a bien joué son coup !

Le prêtre avait écouté la tirade de Blade avec un air perplexe.

— Je crois qu'il y a malentendu entre nous, étranger. Peut-être est-ce parce que tu ne m'as pas laissé le temps de te révéler tout ce que je venais d'apprendre...

Un mauvais pressentiment traversa l'esprit de Blade.

— Un malentendu ? Que veux-tu dire par là ?

— Que Nazarn va annoncer ce soir qu'il compte sacrifier la princesse à Zanthun dans deux nuits. Pour marquer l'arrivée de la Lune Noire...

— Mais c'est dément ! s'exclama Blade presque malgré lui. Totalement dément !

— Comme tout ce que fait Nazarn, remarqua Tarkeh. Mais c'est la triste réalité.

Blade se mordit les lèvres et se retourna pour fixer le petit carré de ciel bleu que la fenêtre découpait dans le mur de la cellule.

— Ainsi, Nazarn n'a même pas pensé à tout ce qu'il pourrait tirer du fait d'avoir la princesse en otage ? Il n'a donc tenté cette opération que pour avoir le plaisir de la sacrifier à son dieu sanguinaire !

Le prêtre ne répondit pas tout de suite et une vague de silence envahit la cellule.

— Je crois, étranger, que tu n'as pas encore bien saisi le cheminement de l'esprit de celui qui est en train de nous mener à la ruine et qui...

— Cela ne t'a pas empêché de le suivre ! le coupa Blade en montrant le manteau de Tarkeh.

— Tout en travaillant pour le roi Menkh dans le cas où cette aventure tournerait mal, rétorqua celui-ci avec un certain cynisme. Je disais donc que Nazarn est encore plus possédé que ceux qui portent ce nom et que, pour lui, seul Zanthun compte. Ce qui veut dire qu'il n'a d'autre but que la mort et la destruction !

Mais Blade était buté :

— Cela n'a pas empêché des centaines de milliers de gens de le suivre...

Le prêtre haussa les épaules avec une certaine lassitude dans le regard.

— Il est toujours facile de persuader un peuple dominé par un autre et avide de revanche de se lancer dans une aventure insensée. D'un autre côté, le Yelana n'a eu que ce qu'il a mérité, le jour où les fanatiques de Zanthun ont assassiné pratiquement tous les membres de son administration dans cette province. Cela fait un siècle qu'ils n'ont pas cessé de considérer ce pays comme occupé militairement et non comme une véritable province à part entière. Ils ont entretenu les braises d'un feu et ce prophète venu d'on ne sait où a fait l'effet d'un coup de vent, transformant le feu qui couvait en un véritable incendie...

— Je connais ce genre de choses, répondit Blade à mi-voix. Mais pourquoi Nazarn ne veut-il pas conserver un tel atout dans une partie aussi difficile pour lui ?

Tarkeh leva les yeux au plafond.

— Peut-être parce qu'il sait déjà qu'il n'a aucune chance à long terme. Et pour semer le maximum de destruction, pour satisfaire la soif de mort de Zanthun, il s'est sans doute dit que le meilleur moyen était de gonfler à bloc ses fanatiques...

— En leur offrant un sacrifice de grande envergure, n'est-ce pas ?

Le prêtre hocha la tête.

— Aussi, je crois qu'il serait temps de voir comment tu pourrais essayer de contrecarrer ses plans, fit celui-ci en sortant un parchemin de son manteau.

CHAPITRE XII

Blade jeta un bref coup d'œil par la fenêtre et observa rapidement l'agitation qui régnait dans les rues de Dryden depuis la veille au soir.

— Nazarn a réussi un bon coup, n'est-ce pas ? fit Lidjung en se grattant pensivement le menton.

— Du point de vue de l'hystérie religieuse qui règne ici, c'est même un coup de maître. Du point de vue politique, un suicide organisé qui se terminera en apocalypse sanglante...

Le seigneur Troon venait juste d'entrer dans la pièce et il avait entendu les réflexions des deux hommes.

— Il y a des moments où je me demande s'il ne serait pas plus sage, dans le fond, de laisser Nazarn se mettre lui-même la corde au cou. Après tout, on dit que les princesses à marier ne manquent pas à la cour de Khor et une de moins... Un mois après les troupes du Yelana et de Khor seraient à Dryden et auraient exterminé toute cette engeance !

Lidjung vit le visage de Blade blêmir et s'empressa de répondre au Nazarni.

— Seigneur, j'ai l'impression que vous cédez à la facilité, si je puis me permettre. Sans compter que votre crédit auprès du roi Menkh risquerait de diminuer fortement s'il apprenait que vous avez purement et simplement laissé assassiner la princesse Tarra.

— Ce n'était qu'une plaisanterie, rassurez-vous, s'empressa de répondre le Nazarni au crâne rasé. De toute façon, que vous délivriez ou pas la princesse ce soir, l'armée du Yelana fera ce qu'elle aurait dû faire depuis longtemps et écrasera ces chiens de rebelles.

Blade se détourna de la fenêtre et jeta un regard bizarre à leur hôte.

— Je n'aime pas trop votre manière de plaisanter, Seigneur Troon. Que la vie de Tarra vous importe peu, c'est votre affaire. Le roi Menkh, Lidjung et moi pensons différemment, ajouta-t-il sur un ton sec. D'autre part, vous avez eu de la chance que les troupes yelaniennes n'aient pas décidé de régler rapidement leur compte aux rebelles. Cette faiblesse vous a donné le temps de changer de camp et de vous sauver la vie.

— A condition que les sbires de Nazarn n'apprennent pas quel rôle je suis en train de jouer, ne l'oublie pas ! rétorqua Troon d'une voix aigre.

— Vous avez pris vos risques et maintenant il faut faire avec, lui répondit Blade.

A cet instant, on frappa à la porte. Le seigneur nazarni cria d'entrer et un esclave s'avança dans la pièce. De sa ceinture, il tira un morceau de parchemin qu'il tendit à Troon. Celui-ci déplia le message, le lut rapidement et le donna à Blade.

— J'ai peur que la situation soit en train de prendre une tournure néfaste, dit-il. C'est Tarkeh qui me l'a envoyé, je reconnais son écriture.

— Que se passe-t-il ? demanda Lidjung à Blade.

Celui-ci relut deux fois le message.

— Le prophète vient de décider une attaque massive en direction du Nord. Et cette attaque sera lancée dès que les cérémonies de ce soir seront terminées...

— Alors, ça veut dire que Kardyos risque d'être assiégée et que nous risquons de passer d'un piège à un autre, dit Lidjung.

Troon fit signe à l'esclave de sortir.

— Dans ce cas, il vaudrait peut-être mieux changer votre itinéraire de fuite et passer par la mer de Phora, dit-il. C'est un peu plus près que les actuelles lignes avancées des fanatiques.

Blade secoua la tête.

— C'est trop tard pour changer de plan. La cérémonie va commencer dans quelques heures et tout est déjà prévu pour nous enfuir par le fleuve. Et je suppose que les ports doivent être surveillés de près.

— Pour ma part, une seule rencontre avec les pirates a suffi à mon éducation, remarqua Lidjung. Je suis d'accord avec notre ami, il faut s'en tenir au plan initial, même s'il est plus dangereux. Mais, au moins, il est organisé.

Blade regarda une seconde par la fenêtre puis son regard se reposa sur le seigneur nazarni.

— Par contre, il faudrait avertir le gouverneur de Kardyos de ce qui se trame et lui dire de faire suivre l'information d'urgence au chef des armées qui doivent être parties de Randth à l'heure qu'il est ! Avez-vous de ces bestioles volantes dont le nom m'a échappé ?

— Des sakkis ? Oui, je peux en trouver facilement à l'extérieur de la ville.

— Alors, ne perdez pas de temps, bon sang ! jeta Blade. Chaque seconde est vitale, maintenant !

Le seigneur nazarni sortit en coup de vent. Lorsque la porte se fut refermée derrière lui, Blade soupira et s'approcha de la table sur laquelle il avait étalé le plan donné par le prêtre. Il lui fallait se mettre en tête tous les détails importants de l'intérieur du Temple de Zanthun. Chacun d'eux serait d'une importance capitale pour l'exécution de ce coup de main qui risquait fort de leur coûter la vie à tous...

Dans divers points de Dryden, d'autres hommes étaient en train d'en faire autant.

*
**

Un peu avant le crépuscule, tout se mit en place pour l'exécution de la première partie de l'opération.

La cérémonie du sacrifice de la princesse Tarra devait se dérouler dans le saint des saints du Temple : la Salle des Morts où se dressait la seule représentation connue du dieu sanguinaire. Cette salle se trouvait au pied de la haute flèche supportant l'immense crâne de pierre qui jetait un regard vide sur Dryden. Et seuls les prêtres et les Possédés avaient été conviés à assister à la cérémonie.

— Il faudra compter une cinquantaine de prêtres, avait dit Tarkch et environ trois à quatre fois ce nombre de Possédés...

— Deux cents à deux cent cinquante personnes, donc, avait dit alors Blade. Et aucune d'elles ne devrait être très entraînée à la bagarre, non ?

Le prêtre avait acquiescé.

— Non. Par contre, un cordon impressionnant de gardes protégera l'ensemble du Temple et toutes les entrées. Si jamais ils se rendent compte de quelque chose trop tôt, vous serez tous perdus car il vous sera impossible de sortir de la Salle des Morts.

A cet instant, Blade avait préféré changer de sujet.

— Combien de Possédés vont venir par la route de la côte orientale ?

Tarkeh avait rapidement réfléchi.

— Trente à quarante. Leur Grand-Maître doit être en train de les faire avertir. D'après ce que je sais, ils sont censés se regrouper à Whlo pour arriver ici juste avant le début de la cérémonie du sacrifice. A la tombée de la nuit.

— A pied ? Et seront-ils escortés ?

Le prêtre avait eu un petit rire méprisant.

— Ces fous se sont donné pour règle de ne jamais se déplacer qu'à pieds nus ! Quant à l'escorte, ils n'en ont guère besoin : même les serpents font un détour pour les éviter...

— Donc, il suffirait de trouver un endroit entre Whlo et Dryden pour leur tendre un traquenard... Je me souviens avoir regardé le paysage quand j'étais avec les esclaves et je n'en vois qu'un seul qui...

— La gorge de Drakh, l'interrompit Tarkeh. C'est l'endroit rêvé pour mettre ton projet en œuvre. Personne ne vit aux alentours et si tu t'arranges pour que la gorge soit déserte au moment où le cortège de Possédés y pénétrera, tu as toutes les chances de mener ton affaire à bien.

***

La nuit tombait rapidement sur le paysage désolé qui s'étendait tout autour de la gorge de Drakh. Au fur et à mesure que le crépuscule s'installait, les arbres rabougris se transformaient petit à petit en une légion d'épouvantails torturés à l'aspect quasi surnaturel. Soudain, un des soldats s'approcha de Blade et lui dit que la colonne des Possédés était à moins d'un quart d'heure du lieu de l'embuscade.

Blade se leva et alla dire au conducteur du chariot qui attendait son signal de se mettre en route. L'homme lui fit signe qu'il avait compris et ordonna à son oxy d'avancer. L'attelage émergea du repli de terrain qui le dissimulait et prit le chemin de Dryden. Quelques centaines de mètres plus loin, juste après le premier tournant, il se renverserait brusquement en travers de la chaussée et bloquerait la route le temps qu'il faudrait pour s'occuper des Possédés.

— Tout à l'air d'aller bien..., murmura Lidjung en revenant auprès de Blade. Il n'y a pas un chat dans les environs. Il faut dire que les gens d'ici évitent de se déplacer après la tombée de la nuit depuis le début de la rébellion...

Blade se contenta de hocher la tête et alla faire un dernier tour sur les hauteurs de la gorge. Il trouva la cinquantaine d'hommes que le seigneur Troon avait mis à sa disposition prêts à intervenir. Le roi Menkh serait sans doute content d'apprendre que les espions qu'il avait à Dryden étaient des gens sur lesquels on pouvait compter : Blade ne les avait rencontrés qu'une fois pour leur expliquer son plan et cela avait amplement suffit. Ensuite, ils étaient arrivés discrètement, par petits groupes, à la gorge de Drakh et s'étaient mis en place avec l'efficacité d'une troupe de choc.

Lorsque Blade revint de sa rapide tournée, Lidjung lui montra une file de silhouettes noires précédée par un porteur de flambeau, qui s'avançait vers l'entrée de la gorge.

— Nos oiseaux de malheur sont au rendez-vous, l'ami, dit le commandant khorien.

La sinistre colonne entra lentement dans le défilé aux pentes raides. Blade compta quarante et un Possédés. Le flambeau qui les précédait faisait une tache de lumière dans la gorge et les murmures des fous de Zanthun montèrent jusqu'aux hommes qui les attendaient comme la voix basse de la mort en marche.

Lorsqu'ils furent tous dans le défilé, Blade tapa sur l'épaule de l'homme le plus proche de lui. Celui-ci émit immédiatement un petit cri aigu et ce, à plusieurs reprises. Aux dires de Lidjung, c'était une imitation parfaite de l'appel au mâle des femelles d'une espèce de gros rat carnivore qui infestait tout le sud du Yelana.

C'était aussi le signal de l'attaque.

Immédiatement, les hommes du commando se levèrent et expédièrent une volée de flèches en direction de la petite procession. La demi-obscurité qui régnait au fond de la gorge ne permettait pas un tir très efficace mais presque la moitié des Possédés se retrouva clouée au sol la seconde qui suivit.

Puis les soldats de Blade lâchèrent leurs arcs et empoignèrent chacun un ballot de tissu avant de se mettre à dévaler la pente du défilé, le sabre à la main. Pendant ce temps, deux autres petits groupes bloquaient les issues de la gorge de Drakh.

Blade fut l'un des premiers à arriver au fond. Il enjamba le cadavre d'un Possédé et se rua sur l'homme masqué le plus proche. Le sabre tournoya dans l'obscurité et le Possédé s'écroula avec un couinement lorsque le métal s'enfonça à la base de son cou, décrochant à moitié le masque de cuir.

Blade eut à peine le temps d'abattre un deuxième adversaire avant que le massacre soit consommé. L'affaire n'avait pas pris plus de deux minutes...

Dès qu'ils furent certains d'avoir massacré toutes leurs victimes, quarante agents du Yelana ouvrirent à toute vitesse leur ballot de tissu. Ils en tirèrent des déguisements et, quelques instants plus tard, ils étaient tous devenus, en apparence, des Possédés de Zanthun.

Blade fut le seul à ne pas fixer immédiatement son masque. Il cria à ceux qui étaient en train de ramasser les cadavres de se dépêcher. Un gros chariot bâché tiré par deux oxys arriva enfin par la route de Whlo et ils chargèrent rapidement les quarante et un corps dedans avec un dégoût manifeste qui aurait pu laisser croire que les Possédés étaient morts de la peste...

Lidjung s'approcha de Blade et lui tendit le flambeau qu'il venait de rallumer.

— Voilà, l'ami, tout est prêt et on peut y aller !

Blade releva la tête comme pour vérifier que le haut des pentes du défilé avait été nettoyé de toute trace de leur passage puis mit son masque en place. Cela fait, il empoigna la grande torche et cria aux autres de se mettre en file indienne pendant que la bâche était fixée solidement sur le macabre contenu du chariot. Le conducteur parvint à faire faire demi-tour à ses oxys et à reprendre la route de Whlo, qu'il quitterait juste après la gorge pour aller déverser son chargement de cadavres dans une crevasse repérée non loin de là.

Blade donna le signal du départ. Quelques instants plus tard, la procession sortait de la gorge de Drakh. La substitution n'avait pas pris plus de cinq minutes. Au même moment, l'attelage qui s'était mis en travers de la route menant à Dryden parvint enfin à se dégager et il ne resta aucune trace visible du traquenard.

Malgré cette réussite incontestable, Blade n'avait pas l'esprit tranquille car, comme tous les autres, il savait que le plus difficile restait maintenant à faire...

CHAPITRE XIII

Une atmosphère de fête délirante régnait dans les rues de la capitale.

La frénésie religieuse qui avait accompagné la rébellion depuis ses débuts avait atteint un paroxysme à l'annonce du sacrifice hors du commun qu'allait recevoir le Dieu de la Destruction.

De ce point de vue, Nazarn avait frappé très fort, offrant à ses fidèles une occasion unique de se venger de ces étrangers qui les avaient occupés et considérés comme des esclaves depuis bien trop d'années... Une occasion de prouver au reste du monde que rien ne les ferait plus reculer.

*
**

Le Prophète était assis sur un trône de pierre installé au fond de la bouche entrouverte du gigantesque crâne accroché au sommet de la flèche qui surgissait du Temple de Zanthun.

Et il regardait la ville. *Sa ville.*

Jamais il n'avait été aussi conscient de cette propriété sauf, peut-être, le jour où il avait fait croire à tous ces imbéciles que Zanthun s'était subitement réveillé pour le désigner comme son « Bras Vengeur »...

Nazarn n'avait pourtant rien physiquement du meneur d'hommes. Il était petit, voûté et fripé comme une vieille pomme. Son large front dégarni et ses cheveux blancs épars lui donnaient un air plus âgé qu'il ne l'était en réalité. En fait, Nazarn n'avait pas plus de trente ans mais la folie qui ravageait son cerveau avait, semble-t-il, provoqué une usure rapide de son corps...

Ce qu'il avait de plus remarquable était ses yeux rouges comme des rubis. Dans son pays où tout le monde était albinos, cela ne se remarquait pas mais cette particularité physique avait frappé les habitants de Dryden et l'avait bien aidé dans sa tâche. Au début, alors qu'il venait juste de quitter la mer où s'était engloutie l'épave de sa nef cristalline, les habitants de cette étrange contrée avaient voulu l'assassiner en raison de son aspect physique. Mais il s'était mis soudain à leur parler et son étonnant charisme avait à nouveau opéré. Les frustes pêcheurs étaient tombés sous son charme lorsqu'il leur avait révélé que sa mission était de purifier le monde dans le feu et le sang. Et, lorsque l'un d'entre eux avait murmuré le nom de Zanthun, celui qui se faisait maintenant appeler Nazarn avait compris qu'il avait gagné.

La suite appartenait déjà à l'Histoire. La force aussi hypnotique que maléfique qui se dégageait de lui avait fait merveille et les pêcheurs s'étaient empressés de l'amener clandestinement à Dryden pour lui faire rencontrer le petit cercle occulte des fanatiques de Zanthun. Ceux-ci maintenaient toujours vivace le culte du dieu sanguinaire malgré l'interdiction des autorités gouvernementales et il n'avait eu aucun mal à se faire accepter par eux et à faire jaillir l'étincelle de la rébellion.

La destruction et la mort étaient des raisons de vivre et il ne cessait de remercier tous les démons de la nuit d'avoir enfin trouvé un pays pour propager les idées infernales qui ravageaient son cerveau depuis sa plus tendre enfance.

Ce soir, il le savait, sa croisade atteindrait un sommet avec le sacrifice de cette femelle de sang royal qu'il avait capturée quelques jours plus tôt. Les armées des pays voisins allaient se ruer sur la province rebelle dont les habitants seraient sans doute assez bêtes pour résister jusqu'au bout et se faire massacrer.

Mais les armées ennemies auraient fort à faire avant de parvenir sous les murs de Dryden. Nazarn savait par ses espions qu'une importante force militaire descendait en ce moment vers le sud et il allait prendre les devants en lançant le lendemain une partie de son armée de fanatiques en direction de la ville yelanienne de Kardyos. Si tout se passait bien, celle-ci serait assiégée moins de quarante-huit heures plus tard...

Les pensées du Prophète revinrent à l'instant présent. Son regard se reporta à nouveau sur les constructions concentriques qui formaient la capitale rebelle et un sentiment de bien-être prit possession de son esprit.

Oui, ce soir même, il triompherait. Et ce qui pourrait bien lui arriver par la suite ne lui importait guère...

Car il était le prophète de la Mort et n'avait d'autre ambition que de savoir que son nom serait synonyme de destruction pour les générations à venir !

***

Lorsque Blade et ses compagnons arrivèrent aux portes de la ville, ce fut pour découvrir une cohue incroyable que les soldats bleus avaient le plus grand mal à canaliser. Les gens criaient, sautaient, remplis d'une allégresse malsaine. Les rues s'étaient transformées en un invraisemblable capharnaüm mais, quand leurs habitants virent s'avancer les Possédés précédés par leur porteur de flambeau, leur joie fondit passagèrement comme neige au soleil.

La procession des faux Possédés vit la foule se fendre en deux pour laisser le passage libre. Certaines personnes détournèrent même le regard et la plupart des visages, y compris ceux des soldats, affichèrent un mépris teinté de peur à leur égard. Même dans un pays où l'hystérie religieuse avait pris le dessus sur tout autre sentiment, des êtres tels que les Possédés n'avaient pas leur place. Peut-être parce qu'ils étaient allés trop loin, parce qu'ils avaient laissé derrière eux toute trace d'humanité, ce qui devait choquer instinctivement même les esprits survoltés des rebelles. S'il y avait de véritables damnés au sein du rêve fou de Nazarn, c'étaient certainement les Possédés de Zanthun...

Eux prenaient ça comme une épreuve supplémentaire destinée à faire reconnaître les véritables serviteurs du dieu sanguinaire. Pour Blade et ses hommes, c'était une véritable bénédiction qui allait leur permettre d'entrer sans se faire remarquer dans le sanctuaire de la divinité...

***

Dès que la ville avait été en vue, c'est-à-dire quand Blade et le reste du commando avaient passé la dernière colline pelée qui la masquait — les faux Possédés avaient aperçu les brasiers qui brûlaient dans les orbites du grand crâne de pierre. L'effet, même de loin, était saisissant et donnait l'impression qu'un démon titanesque veillait cette nuit-là sur la ville prise de folie meurtrière.

Vu du pied des escaliers qui montaient vers la cour du Temple, le spectacle était proprement stupéfiant.

D'innombrables brasiers parsemaient le corps du Temple et faisaient luire la pierre rouge d'un éclat lugubre et sanglant pendant que des cris et des incantations semblaient surgir de chaque fenêtre de la ville. Le résultat était assourdissant pour les oreilles et angoissant pour l'esprit. Blade ne put réprimer un frisson lorsqu'il s'arrêta devant les longues marches qu'il avait déjà gravies la veille pour aller voir Tarkeh.

Il chercha le prêtre des yeux mais ne le vit pas parmi ceux qui surveillaient l'arrivée des maudits d'entre les maudits.

Tous les autres Possédés paraissaient être déjà parvenus à destination. Un prêtre fit signe à Blade de conduire sa colonne dans un espace qui lui était réservé au milieu des autres. Aucun membre des processions déjà en place ne détourna la tête pour leur jeter le moindre regard : le Temple illuminé de façon barbare occupait toutes leurs pensées.

Soudain, un long cri à vous glacer le sang surgit du crâne de pierre accroché dans le ciel nocturne, coupant court à toutes les démonstrations excitées qui se déroulaient dans les rues de la ville.

Blade s'était raidi en entendant le cri. Mais son entraînement reprit immédiatement le dessus et il avait tout de suite cherché des yeux — dans la mesure où l'immobilité qu'il devait conserver le lui permettait — l'origine de ce hurlement inhumain.

Les brasiers allumés dans les orbites du crâne eurent un regain de vigueur. Cependant, c'était sa bouche qui méritait toute l'attention de Blade : la cavité buccale de pierre s'était brusquement éclairée d'une lumière blanche aveuglante sur laquelle se détacha une silhouette sombre. Celle-ci s'avança jusque derrière les créneaux formés par les dents de la mâchoire inférieure et étendit les bras.

Pour la première fois, Blade apercevait enfin celui que l'enlèvement sauvage de la princesse Tarra avait transformé en son ennemi personnel : Nazarn, le Bras Vengeur de Zanthun.

Le Prophète resta immobile, le temps qu'un silence de mort s'établisse tout autour du Temple. Les démonstrations d'hystérie qui avaient envahi la rue n'était plus qu'un murmure lointain maintenant.

Et Nazarn prit enfin la parole. Sa voix, amplifiée par on ne sait quelle magie, explosa littéralement au-dessus de la capitale rebelle. L'emprise du Prophète sur les populations frustes de cette Dimension X n'avait rien d'étonnant, se dit Blade, s'il employait de tels moyens... Restait à savoir comment il s'y prenait et quelle sorte de sorcellerie lui permettait des effets pareils en public.

— Peuple élu du Nazarn ! commença la voix si imposante que l'on aurait dit celle d'un dieu parlant du haut des cieux. Peuple élu de Nazarn, ce soir est un grand soir ! Cette nuit, la lune sera noire et le sang vermeil va couler dans ce lieu consacré pour remercier le dieu qui m'a conduit à vous et qui s'exprime par ma bouche !

Le Prophète s'arrêta quelques secondes et des cris de joie éclatèrent un peu partout dans Dryden. Il laissa la ferveur populaire s'exprimer un instant puis fit signe qu'il allait reprendre la parole. Le spectacle avait quelque chose de déroutant, surtout par l'incroyable différence qu'il existait entre la petitesse de la silhouette et l'éclat surnaturel de la voix qui emplissait le ciel nocturne.

— Ce sang, reprit Nazarn, n'est pas du sang ordinaire mais celui de ceux qui n'ont cessé de prétendre qu'ils étaient vos maîtres ! C'est le sang de ceux qui ont osé se mettre en travers du chemin de votre Dieu millénaire. De ceux qui adorent de fausses divinités et crachent sur la vôtre !

Un concert de cris salua les paroles de Nazarn. Cette fois, c'étaient des cris de haine et de vengeance. Le soudain revirement de la foule disséminée dans le dédale des rues montra à quel point les rebelles étaient fanatisés et sous l'emprise maléfique de Nazarn.

Blade jeta un rapide coup d'œil autour de lui et vit que les Possédés semblaient tétanisés sous leurs vêtements et leurs masques de cuir. Leur cas était bien pire que celui des autres car eux avaient totalement perdu leur libre-arbitre en se donnant corps et âme à Zanthun...

— Ce soir, donc, continua le Prophète, notre Dieu va pouvoir se repaître du plus délicieux des repas avant de vous conduire sur les chemins glorieux de la Guerre Sainte contre vos oppresseurs qui se rapprochent en ce moment de vos frontières. A plusieurs reprises déjà, nous leur avons montré que la Vraie Foi donnait des ailes et des crocs à nos soldats. Nous les avons repoussés hors de nos frontières mais maintenant, c'est la grande bataille finale qui approche, celle où il vous faudra vaincre ou périr ! Et si vous êtes de vrais soldats de Dieu, vous écraserez vos ennemis comme des parasites nuisibles qu'ils sont sur la face du monde !

Le Prophète resta les bras écartés pendant que l'aveuglante luminosité commençait à décroître autour de lui. Et lorsque Nazarn eut été avalé par la bouche d'ombre du crâne gigantesque, une autre vague d'hystérie déferla sur la ville. La foule en furie se massa à l'extrémité de toutes les artères qui menaient au cœur sacré de Dryden, là où se dressait le Temple. Les soldats eurent le plus grand mal à contenir les milliers d'excités qui attendaient le sacrifice de la princesse.

Blade commençait même à se faire du souci. Il craignait que, si les barrages des soldats lâchaient, la foule en folie envahisse les abords du Temple et renverse les Possédés comme un raz de marée humain, tuant ainsi leur tentative de coup de main dès le départ.

Mais, par bonheur, les soldats bleus furent à la hauteur de leur mission et aucun fanatique ne parvint à s'infiltrer sur le large chemin de ronde qui ceinturait l'immense monument de pierre rouge.

Un instant plus tard, un prêtre apparut enfin en haut des escaliers et ordonna aux Possédés de se mettre en route vers le sanctuaire. Blade reconnut Tarkeh et fut soulagé de constater que tout se déroulait comme prévu.

Les colonnes de Possédés — chacune précédée par un porteur de flambeau — entreprirent de monter à pas lents les longues marches tout en entonnant à voix basse un chant funèbre que les hommes du commando avaient à peine eu le temps d'apprendre avant le début de l'opération. Mais tout se passa pour le mieux et ils se retrouvèrent bientôt au cœur du Temple, dans le Sanctuaire même de Zanthun.

Le Sanctuaire occupait la plus grande partie du dôme qui constituait le corps principal du Temple. La salle était grandiose avec son plafond hémisphérique culminant à plus de trente mètres du sol.

Ce dernier présentait une particularité que l'on ne pouvait apprécier qu'à partir de la plate-forme à laquelle on accédait par l'intérieur de la flèche couronnée par le crâne titanesque : il était recouvert par une mosaïque de plusieurs millions de pièces représentant les divers épisodes du combat qu'aurait livré Zanthun contre d'autres dieux à l'aube des temps. Seuls les prêtres — et Nazarn qui se l'était octroyé d'office — avaient le droit de monter dans la flèche et, donc, d'admirer ce chef-d'œuvre artistique malheureusement dévoué à une cause infâme...

Mais toute l'horreur du culte de Zanthun et toute la fascination morbide qu'il pouvait exercer sur les âmes simples des fanatiques étaient représentées par l'énorme statue de vingt mètres de haut qui trônait au fond de la salle, juste sous la plate-forme qui surgissait de la base de la flèche.

Elle représentait une monstruosité vert foncé, de forme vaguement humanoïde et accroupie, les fesses posée sur les talons de ses pattes griffues. Tout le corps de la *chose* était parcouru de veines bleu nuit qui ajoutaient encore à la couleur vénéneuse de l'ensemble. De grandes ailes de chauve-souris étaient à demi déployées derrière le corps dont les mains à quatre doigts en forme de serres reposaient sur les genoux pliés. Entre les cuisses énormes et très écartées surgissait un phallus de pierre de deux bons mètres de long et terminé par une pointe acérée. Le tout était couronné par une tête abominable au groin porcin. Des petites tentacules pendaient des lèvres qui n'étaient pas assez grandes pour dissimuler totalement deux paires de défenses larges à la base. Le crâne était presque sphérique et deux larges oreilles pointues l'encadraient. Et, juste au-dessus de la base du groin s'ouvrait une orbite béante...

Lorsque Blade pénétra dans le Sanctuaire et qu'il se retrouva face à cette monstruosité de pierre verte et bleue, il crut une seconde que le dieu allait se relever et se jeter sur lui et ses compagnons tant l'artiste qui avait exécuté la statue titanesque avait su rendre l'impression de vie. La lumière mouvante des centaines de torches accrochées au dôme rendait la pierre luisante et conférait aux grosses veines bleu nuit une sorte de pulsation.

Les processions de Possédés entrèrent à pas lents dans le Sanctuaire où attendaient déjà une cinquantaine de prêtres.

Tarkeh devait visiblement diriger la cérémonie car il les fit stopper vers le centre de la salle puis demanda aux porteurs de flambeaux de s'avancer jusqu'à une dizaine de mètres à peine de l'abominable statue géante.

Blade resta aussi immobile que les autres. Derrière lui, il entendit les lourdes portes se refermer avec un claquement sonore.

Ils étaient maintenant dans la gueule du loup.

CHAPITRE XIV

Les Possédés, vrais et faux, étaient aussi raides que des piquets et fixaient tous l'affreuse représentation de Zanthun.

Blade savait ses hommes aux aguets, prêts à intervenir dès qu'il leur en donnerait l'ordre. Pour cela, lui-même devait attendre un signe de la part de Tarkeh. Celui-ci lui avait expliqué en détail l'agencement du Temple et, surtout, celui des souterrains qui en partaient dans toutes les directions.

Le problème était que ces passages n'avaient rien de secret. Mais le prêtre espion avait affirmé à Blade, avec une expression sur le visage qui l'avait fait ressembler encore un peu plus à un renard, qu'une poignée seulement de soldats garderaient les issues de sortie du réseau souterrain. Tout n'était donc qu'une question de rapidité d'exécution une fois la princesse Tarra entre leurs mains...

Les prêtres, qui s'étaient mis en cercle tout autour de la salle, entonnèrent une mélodie rauque et lancinante. Celle-ci fut rapidement reprise par les files de Possédés qui furent pris de tremblements, comme si le chant était en train de les envoûter. Les hommes de Blade eurent un moment d'hésitation puis imitèrent tant bien que mal les fanatiques masqués qui les entouraient.

Soudain, un mouvement attira l'attention de Blade. Il leva les yeux et vit que le Prophète venait d'apparaître sur la plate-forme surgissant au-dessus de la statue de Zanthun.

C'était la première fois que Nazarn était assez près pour que Blade puisse détailler ses traits. Il fut stupéfait à la fois par l'insignifiance physique du Prophète et par l'aura qui s'en dégageait et qui semblait irradier jusqu'à l'autre bout de la salle.

Nazarn avait un objet sphérique entre les mains. La chose était recouverte d'un morceau de tissu et avait la taille d'un melon. En y regardant à deux fois pendant que le Prophète scrutait l'assistance devenue tout à coup silencieuse, Blade se rendit compte qu'une force invisible paraissait faire vibrer l'air entre l'objet et la tête de Nazarn. Aucun doute possible, c'était l'Œil de Zanthun que le Prophète avait entre ses mains. D'ailleurs, la taille de l'objet correspondait à peu près à celle de l'orbite vide qui s'ouvrait dans l'affreux visage difforme de la statue.

Nazarn cessa alors de dévisager l'assistance. Il prit la sphère dans une seule main et enleva le carré de tissu qui la recouvrait.

C'était bien l'Œil de Zanthun.

Une boule de cristal brillant d'où s'échappait une couronne de lumière blanche et pulsante. Jetant le tissu à terre, le Prophète reprit la sphère à deux mains et l'éleva au-dessus de sa tête ridée en poussant un cri sauvage qui résonna sous la voûte de la salle.

— Fidèles ! s'écria-t-il d'une voix toujours mystérieusement amplifiée. Vous êtes sous le regard de votre Dieu !

Le halo de lumière blanche parut s'amplifier et englober le corps de Nazarn.

Celui-ci resta immobile durant quelques secondes puis recula lentement et disparut dans la base de la flèche. Un murmure parcourut le Sanctuaire.

Le Prophète ne resta pas longtemps absent. Il réapparut un instant plus tard, surgissant derrière l'énorme statue. Une demi-douzaine de prêtres, dont Tarkeh, le suivaient les yeux fixés au sol. Nazarn portait toujours la sphère de cristal au-dessus de sa tête et son visage ridé était devenu aussi rigide qu'un masque de cire.

Toujours suivi par les dignitaires du Temple, il passa devant Blade et s'arrêta ensuite face à la représentation grimaçante du dieu sanguinaire. Là, il s'inclina brièvement avant de monter les quelques marches du socle de la statue.

Maintenant, le Prophète se trouvait entre les genoux de pierre verdâtre, juste devant la pointe du monstrueux phallus en position horizontale. Les prêtres, eux, étaient restés en bas des marches.

Nazarn s'inclina à nouveau. Puis il serra la sphère lumineuse contre lui en la retenant avec une seule main et se mit à escalader la statue...

La scène aurait eu quelque chose d'incongru en d'autres circonstances. Mais la tension était terrible dans la salle et Nazarn ressemblait à un gnome maléfique en train de monter sur l'épaule d'un géant. La facilité avec laquelle le Prophète grimpait sur le corps de la statue aux teintes vénéneuses avait elle aussi quelque chose de surnaturel : le vieillard sautait littéralement d'un membre à l'autre et, en l'espace d'un instant, il se retrouva perché sur l'épaule droite de la monstruosité de pierre.

Là, il montra à nouveau la sphère cristalline à l'assemblée puis se pencha sur le côté et l'inséra dans l'orbite vide.

Comme s'il voulait montrer qu'il avait enfin retrouvé sa véritable place, l'Œil de Zanthun se mit alors à briller d'un éclat aveuglant qui força presque Blade à fermer les yeux pour éviter d'être ébloui.

Nazarn éclata d'un rire dément en voyant le mouvement de recul instinctif de tous ceux qui étaient dans la salle.

— Et maintenant, s'exclama-t-il en se

redressant sur l'épaule de la statue et en se retenant à l'oreille pointue qui se déployait à ses côtés, place au sacrifice ! Qu'on amène la femelle qui se dit être de sang royal !

Le corps de Blade se raidit. Le dénouement approchait à grands pas. Il ne pouvait pas se retourner mais il sentit instinctivement que ses hommes s'apprêtaient à agir.

Perché sur l'épaule du dieu inhumain, Nazarn avait l'air d'un démon familier en train de surveiller les actes de son maître. Au-dessus du groin aux babines tentaculaires, l'Œil projetait toujours son éblouissante clarté qui tranchait sur la luminosité incertaine de torches fixées aux murs.

Un silence épais était tombé sur l'assistance. A un moment donné, le Prophète abaissa son regard sur les porteurs de flambeaux. Il les fixa les uns après les autres. Il avait beau se trouver à une bonne vingtaine de mètres de lui, Blade eut la désagréable sensation que les yeux du vieillard étaient capables de transpercer son masque de cuir et de découvrir qu'il n'était qu'un imposteur. Mais Nazarn poursuivit son inspection sans s'arrêter plus longtemps sur lui que sur les autres et Blade put retrouver son calme intérieur.

Soudain, un bruit se fit entendre sur la droite de la statue. Les Possédés devant rester immobiles, Blade ne put tourner la tête et dut attendre encore quelques secondes avant de voir enfin surgir la princesse Tarra...

Celle-ci était vêtue d'une simple robe blanche descendant jusqu'aux chevilles et avait les mains liées dans le dos par un lacet de cuir. Tarra savait ce qui l'attendait mais elle conservait pourtant un air digne et un port royal. Mais son visage affichait parfaitement le mépris qu'elle éprouvait pour les adorateurs de Zanthun.

Soudain, un rire dément éclata au-dessus d'elle. Tarra leva la tête et aperçut le Prophète appuyé contre la tête de la statue. Elle le fixa quelques secondes puis se tourna et cracha sur les marches escaladant le socle de pierre rouge.

Nazarn parut fort mal prendre la chose car il se mit à hurler comme un fou !

— Etre impie ! Tu oses te moquer du Vrai Dieu ! Sache que tu es déjà maudite et que ta mort sera à l'image de tes crimes ! Qu'on amène son lit de noces ! s'exclama-t-il ensuite en se retournant vers les prêtres qui attendaient à gauche de l'idole géante.

Immédiatement, quatre parmi ceux qui avaient été interpellés s'emparèrent d'un bâti de bois à claire-voie d'un mètre et demi de haut sur deux de long. Ils le montèrent sur le socle et l'installèrent entre les genoux de la statue, juste en face du phallus acéré. Les yeux de Tarra s'agrandirent lorsqu'elle comprit ce qui l'attendait et son corps se raidit sous la poigne de ses gardiens.

— Ah, je vois que tu te sens déjà moins fière, putain royale! s'écria Nazarn. Mais, rassure-toi, tu ne vas pas être déçue par ton divin époux!

Le Prophète fou hurla alors un ordre. Un des prêtres qui maintenaient la princesse passa devant celle-ci et empoigna la robe par le col. Il tira violemment sur le tissu et celui-ci se déchira d'un seul coup jusqu'au ventre de la jeune femme. Le prêtre écarta les pans du vêtement déchiré et dévoila les deux globes bronzés des seins.

La princesse injuria le fanatique qui la gifla en réponse. Puis, il se baissa et finit de déchirer la robe et Tarra se retrouva totalement nue sous les regards impassibles des Possédés. Les prêtres parurent nettement plus sensibles aux charmes de la princesse que les hommes masqués mais évitèrent de trop le montrer car l'aversion de Nazarn pour tout ce qui touchait le sexe était bien trop connue pour prendre le moindre risque de lui déplaire...

Blade dut faire un effort sur lui-même pour ne pas se jeter sur les agresseurs de Tarra. Lorsqu'il vit le superbe corps exposé aux regards de tous les dégénérés qui encombraient la salle, une envie folle de tuer s'empara de lui. Mais un regard en direction de Tarkeh lui montra que le prêtre au visage de renard n'estimait pas encore le moment venu pour intervenir. Blade dut donc se résoudre à suivre la suite de la « cérémonie »...

Nazarn éclata d'un rire mauvais et cria aux prêtres d'amener la princesse dans le lit de son amant. Les fanatiques poussèrent donc Tarra en haut des marches avant de l'obliger à grimper sur le bâti en bois. La jeune femme se débattit furieusement mais les quatre hommes finirent par lui lier les bras et les jambes en croix. Son ventre offert était maintenant à moins d'un mètre du bout pointu du sexe de pierre verdâtre qui se dressait dans sa direction.

Et, pour la première fois, la princesse perdit son sang-froid et se mit à hurler.

Ce fut comme un signal dans l'esprit de Blade. Maintenant, il n'était plus question d'attendre plus longtemps. Il jeta un coup d'œil à Tarkeh. Le prêtre avait l'air indécis puis lui fit signe d'y aller.

Soudain, Blade arracha son masque de cuir et se retourna vers ses compagnons qui attendaient désespérément l'ordre d'agir.

— Aux armes ! cria-t-il. Abattez-moi tous ces porcs et pas de quartier !

Une seconde plus tard, son déguisement était au sol et il apparut, vêtu d'une tunique et d'un pantalon bouffant serré aux chevilles. Et déjà, son sabre avait quitté son ceinturon pour jaillir dans sa main.

— Lidjung, avec moi ! ordonna-t-il au Khorien qui venait de se débarrasser lui aussi de son déguisement.

Sans plus attendre, les deux hommes se ruèrent vers le socle de la statue où Tarra allait se faire empaler sur le phallus de pierre.

Au même moment, les trente-neuf autres hommes du commando se jetèrent sur les Possédés et les prêtres en suivant un plan établi d'avance sur les conseils de Tarkeh. Lequel Tarkeh venait d'ailleurs de s'éclipser discrètement par une issue qu'il bloqua derrière lui...

Les trois derniers soldats de la file coururent s'assurer que personne ne pourrait ouvrir les portes du Sanctuaire. Deux prêtres tentèrent de les en empêcher mais les sabres mirent rapidement fin à cette tentative. Et ainsi, moins d'une minute après le début du coup de main, la grande salle se retrouva coupée du reste du monde.

Pendant ce temps, Blade et Lidjung avaient sauté sur le socle de la hideuse représentation de Zanthun. Ils dispersèrent rapidement les quatre prêtres tétanisés par la surprise qui ne firent aucun geste pour se défendre des lames qui s'abattaient sur eux. Le sang jaillit de leurs gorges tranchées et ils dégringolèrent sur le socle et les marches.

En voyant surgir Blade, la princesse faillit se trouver mal.

— Par tous les Dieux, *toi içi ?* s'écria-t-elle d'une voix cassée par l'émotion.

Blade se contenta d'acquiescer et trancha rapidement les liens qui immobilisaient le corp nu et désirable. Tarra sauta à bas du bâti et se jeta au cou de Blade. Celui-ci la serra une seconde contre lui avant de la repousser pour ramasser le manteau rouge d'un des prêtres qu'il venait d'abattre.

— Mets ça, jeta-t-il à la princesse, et ne bouge pas d'ici !

C'est alors que la voix tonnante du Prophète s'éleva au-dessus d'eux.

— Impies ! hurla Nazarn. Soyez tous maudits pour avoir souillé de votre présence ce lieu consacré. Tuez-les, exterminez-les ! s'écria-t-il à l'adresse des Possédés et des prêtres. Si l'un d'entre eux sort vivant d'ici, Zanthun vous fera tous périr dans l'horreur !

Mais, de la place privilégiée qu'il occupait, Nazarn eut tôt fait de constater que ses fanatiques étaient en train de se faire massacrer sur place, faute de pouvoir être secourus par les soldats bloqués à l'extérieur.

En fait, le Sanctuaire était la scène d'un véritable carnage. Les hommes du commando taillaient comme des démons assoiffés de sang dans les rangs des Possédés à qui ils arrachaient leurs masques et leurs vêtements. Les corps ainsi découverts par les sabres étaient d'ignobles parodies d'êtres humains, avec leurs visage lacérés, leurs corps nus couverts de blessures et de cicatrices rituelles si épouvantables que bien des soldats furent près de vomir en les découvrant.

Ceci ne fit qu'amplifier leur colère et les

larges sabres s'abattirent comme des faux, faisant éclater les chairs déjà atrocement mutilées.

Dès qu'ils en eurent fini avec les Possédés, les hommes du commando se jetèrent sur les prêtres plaqués contre les murailles du Sanctuaire. Les fanatiques de Zanthun se firent égorger sans merci. Quelques-uns d'entre eux tentèrent d'implorer la grâce des agents du Yelana mais rien n'y fit : les hommes du commando étaient en train de se venger de plusieurs mois de massacres au nom du dieu sanguinaire et personne n'aurait pu les arrêter.

Nazarn se rendit vite compte que toutes les issues étaient sous le contrôle des envahisseurs et que le seul moyen pour lui d'espérer s'en tirer était de se servir de l'Œil de Zanthun qui brillait toujours sur le front cyclopéen de la statue.

Saisissant l'oreille pointue du dieu de pierre, il se pencha pour récupérer la sphère de cristal dont la lumière n'avait pas baissé d'intensité.

A cet instant précis, Blade leva les yeux et comprit que le Prohète risquait de leur jouer un mauvais tour. Il cria alors à ses hommes de se regrouper derrière la statue, là où se trouvait la sortie qu'ils devaient emprunter.

— Prends soin d'elle ! lança-t-il à Lidjung en montrant la princesse qui venait de mettre le manteau du prêtre mort. Je vais m'occuper de l'autre, là-haut !

Le Khorien fit signe qu'il avait compris et prit le bras de Tarra. Les hommes du commando se précipitaient maintenant vers la statue et Lidjung et sa compagne se joignirent immédiatement à eux.

Pendant ce temps, Blade escaladait à toute vitesse l'immense statue. Il était presque arrivé sous la tête lorsque le Prophète retira l'Œil de son orbite. Nazarn murmura quelque chose d'indistinct et la lumière produite par la sphère cristalline devint aveuglante. Blade faillit lâcher prise mais réussit à détourner la tête pour éviter d'être complètement ébloui.

Le Prophète profita de ces quelques secondes de répit pour contourner la tête de pierre et se laisser glisser le long des épaules monstrueuses pour se rattraper ensuite aux grandes ailes à moitié déployées.

Son mouvement fut très rapide mais il avait compté sans l'entraînement et la détermination de Blade. Celui-ci avait même anticipé la tentative de son adversaire dès qu'il avait détourné la tête pour se soustraire à l'aveuglante lumière. Il entreprit lui aussi de faire le tour de la statue, mais au niveau de la taille de celle-ci. Si bien qu'il se retrouva entre Nazarn et le socle lorsque le Prophète sauta en direction du sol. Il ne vit Blade qu'après s'être lancé dans le vide. Il poussa un cri rageur mais c'était trop tard.

Blade tenta de l'attraper au vol. Cependant, la fatalité voulut qu'il manquât le vieillard d'un cheveu. Par contre, il réussit in extremis à saisir l'Œil flamboyant et Nazarn, emporté par la vitesse de son saut, ne put retenir la sphère cristalline. Le Prophète rebondit sur le rebord du socle de pierre rouge avant de terminer sa chute sur la mosaïque qui recouvrait le sol de la salle.

Emporté par sa rage, Blade allait régler son compte au Prophète lorsqu'un grand bruit éclata à l'autre extrémité du Sanctuaire. Blade se pencha et, malgré la lumière aveuglante de la sphère, vit que les soldats bleus venaient de forcer la porte d'accès principale. Les fanatiques en armes restèrent stupéfiés à la vue du massacre. Blade en profita pour sauter à son tour et s'enfuir par l'issue que venaient d'emprunter les hommes du commando.

Deux d'entre eux l'attendaient. Blade les vit détourner le regard pour éviter les feux de l'Œil. Il se dit qu'il ne pouvait pas conserver avec lui une pareille source lumineuse, surtout lorsqu'il faudrait fuir par le port. Il jeta un coup d'œil derrière lui et vit qu'il avait le temps d'aller ramasser le manteau d'un des prêtres exécutés par ses hommes.

D'un coup de sabre, il découpa le capuchon et y enfouit l'Œil de Zanthun. La disparition presque totale de la lumière blanche aveuglante le laissa une seconde indécis. Puis il entendit que les deux hommes restés en arrière lui criaient de venir. Au même instant, le Prophète se releva péniblement sur un genou et hurla une bordée de jurons à l'adresse des soldats bleus qui accouraient en essayant de ne pas glisser dans les innombrables flaques de sang où baignaient les cadavres des Possédés et des prêtres.

C'est probablement à cet instant que Nazarn comprit qu'il avait tout perdu car il n'avait plus l'Œil de Zanthun avec lui pour donner une ampleur quasi divine à sa voix éraillée. Les soldats ne l'entendirent même pas et se ruèrent en direction de la porte par laquelle Blade venait de s'enfuir.

Les deux agents du Yelana qui l'avaient attendu s'arquèrent contre le battant de pierre et réussirent à enclencher la serrure juste au moment où les premiers soldats de Nazarn se jetaient contre lui.

CHAPITRE XV

Tout en courant dans le souterrain, Blade ne pouvait s'empêcher d'éprouver une sorte d'exultation à l'idée d'avoir contrecarré avec succès les plans diaboliques de Nazarn. Car, non seulement il avait tiré la princesse de ses griffes mais il avait également réussi le tour de force inespéré de mettre la main sur l'Œil de Zanthun ! Ce qui signifiait en clair que le Prophète avait perdu ses deux atouts d'un seul coup... Maintenant, la rébellion de la province du Sud n'allait plus tenir longtemps...

Encore fallait-il parvenir à quitter la capitale, ce qui n'était pas gagné.

Les trois hommes rejoignirent rapidement le reste du commando qui avançait sans précipitation et avec précaution. La princesse était au milieu du groupe, pour être protégée en cas d'attaque.

Les souterrains, larges de deux à trois mètres à peine, étaient particulièrement humides et glissants. A de nombreuses reprises, des hommes faillirent tomber en marchant dans des flaques à la couleur et à la consistance suspectes, flaques que les rares torches qu'ils avaient pu emmener avec eux ne leur avait pas permis de détecter à temps.

Tout se déroula parfaitement jusqu'à ce qu'ils approchent du port. Si le plan donné par Tarkeh était juste, les fugitifs allaient maintenant entrer dans une zone dangereuse : plusieurs autres souterrains venaient se raccorder à celui-ci et il y avait de fortes chances pour que les soldats de Nazarn soient déjà en train d'essayer de les intercepter.

Blade avait rejoint Lidjung en tête de la colonne.

— Qu'est-ce que tu as dans ce sac ? demanda le Khorien en montrant le capuchon découpé au sabre que Blade tenait serré contre sa poitrine.

Sans cesser de marcher et de scruter les murs humides dévoilés par la torche que tenait Lidjung, Blade ouvrit le sac et montra son contenu à son compagnon. Dès qu'ils s'étaient éloignés du Prophète, la sphère cristalline avait perdu son éclat et ressemblait maintenant à une boule de voyante dont le cœur n'aurait pas été transparent.

— Ne me dis pas, l'ami, que c'est...

— Si, répondit Blade avec un rapide sourire. C'est l'Œil de Zanthun et notre ami Nazarn est dans de sales draps

— Raison de plus pour se méfier..., rétorqua le Khorien.

A peine avait-il prononcé ces paroles que l'œil exercé de Blade détecta un mouvement suspect à la limite de la portée des torches.

— Attention..., souffla-t-il en se retournant vers ceux qui le suivaient. Prenez-ça, continua-t-il en leur passant le sac contenant l'Œil de Zanthun. Donnez-le à la princesse et qu'elle y prenne garde comme à sa vie...

Lorsque Tarra fut en possession de la sphère de cristal, les soldats la firent passer à l'arrière de la colonne et s'apprêtèrent à livrer combat à l'escouade de fanatiques qui leur barrait la route.

Blade se dit qu'ils n'avaient ni le temps ni les moyens de finasser et que la seule chose qu'ils avaient à faire était de foncer dans le tas.

— Allez, l'ami ! s'écria-t-il à l'adresse de Lidjung, c'est le moment où jamais de leur faire payer le massacre du désert !

Le Khorien leva son sabre et poussa un cri de rage meurtrière. Quelques secondes plus tard, les deux petites troupes entraient en contact dans un concert de jurons et de hurlements.

Le souterrain n'était guère large à cet endroit, obligeant les adversaires à se battre à trois de front au plus. Ce qui voulait dire que Blade et Lidjung allaient supporter à eux seuls pratiquement tout le choc de l'assaut. Les larges sabres s'abattirent sur les soldats nazarnis qui réussirent à bloquer les premiers coups. Mais Blade et le Khorien n'étaient pas les premiers venus et deux fanatiques se retrouvèrent bientôt au sol, en train de perdre leur sang.

Poussés par le reste du commando, Blade et Lidjung continuèrent à frapper de plus belle tout en essayant de ne pas glisser sur les corps ensanglantés dans lesquels ils se prenaient les pieds.

Ils tuèrent ainsi deux autres soldats bleus. Ces derniers comprirent rapidement qu'ils ne viendraient pas à bout des fugitifs dans ces conditions. Quelqu'un dans leur groupe — sans doute leur chef — leur cria de reculer en vitesse, ce qu'ils n'eurent aucun mal à faire en raison de la détermination de leurs adversaires.

Blade et Lidjung se jetèrent de plus belle dans la mêlée et deux autres fanatiques allèrent mordre la poussière avant que tout le monde se retrouve dans un élargissement du souterrain assez vaste pour permettre une bataille rangée entre les deux camps.

A ce moment-là, la bataille connut un brusque répit. Les deux camps s'observèrent quelques instants comme des fauves prêts à sauter l'un sur l'autre.

Blade obligea la princesse à rester en arrière avec un de ses hommes qui avait pris un mauvais coup à la fin de l'échauffourée dans le souterrain. Tarra, qui avait compris que sa présence ne ferait que gêner ses sauveteurs et qu'il lui fallait maintenant protéger à tout prix l'Œil de Zanthun, obéit immédiatement et sans discuter. Son retrait brusqua les choses car le commandant des fanatiques poussa un cri de guerre et jeta ses hommes dans la bataille.

Les agents du Yelana furent un peu surpris par cet assaut. Ils perdirent une ou deux précieuses secondes avant de réagir, ce qui leur coûta plusieurs vies. Les soldats bleus taillèrent sans merci le premier rang où se trouvaient Blade et Lidjung. Ceux-ci ne durent leur salut qu'à leur entraînement supérieur et à leurs réflexes aiguisés.

Blade évita d'un cheveu le sabre qui s'abattait sur lui. Il fit un léger bond de côté et profita de ce que le soldat bleu avait ouvert sa garde pour lui asséner un coup porté à l'horizontale. La lame sectionna le tissu de l'uniforme comme s'il n'avait pas existé avant d'ouvrir une large plaie dans la cage thoracique laissée sans protection. Le fanatique ouvrit de grands yeux, l'air incrédule, et tituba en arrière pour s'effondrer contre un de ses compagnons.

Blade se désintéressa immédiatement de lui car Lidjung, assailli par trois Nazarnis, se trouvaient en difficulté. Le sabre de Blade se lança dans un moulinet meurtrier qui se termina très vite dans le crâne du plus proche des agresseurs du Khorien.

Entre-temps, Lidjung avait enfin réussi à

faire lâcher son arme au deuxième Nazarni. Le compagnon de ce dernier tenta de lui porter secours mais Blade l'en empêcha en lui déchiquetant l'avant-bras au passage. Un coup venu d'un des agents du Yelana qui se trouvait là, fendit le crâne du blessé. Lidjung reçut sur le visage du sang et des morceaux de cervelle et, le temps qu'il s'essuie les yeux du revers de la main, le Nazarni désarmé avait repris son sabre.

Le fanatique revint à la charge en proférant un chapelet de jurons. Blade leva son arme et les lames se heurtèrent avec un claquement métallique. Les deux hommes restèrent bloqués dans la même position durant un instant, le temps que l'un d'entre eux prenne le dessus dans l'épreuve de force. Le Nazarni était fort mais Blade finit par le repousser d'un coup.

Le fanatique perdit l'équilibre et s'écroula dans les jambes d'un autre soldat bleu, attaqué, lui, par Lidjung. Les deux hommes tombèrent sur le sol glissant et n'eurent pas le temps de se relever pour éviter les sabres tachés de sang qui s'abattirent sur eux.

— Bien vu, l'ami ! lança le Khorien. On va exterminer tous ces porcs et leur faire payer l'attaque de la caravane !

Blade n'eut pas le temps de répondre car deux soldats de Nazarn se jetèrent à cet instant-là sur lui. L'un d'eux avait une joue complètement éclatée et perdait du sang en abondance mais sa fureur était telle qu'il ne semblait pas sentir la morsure affreuse de la douleur.

Les sabres sifflèrent dans l'air surchauffé du souterrain. Ils s'entrechoquèrent avec force, faisant jaillir des étincelles du métal. Lidjung s'était détourné à temps et la pointe biseauté de son arme alla fouiner la vilaine blessure du fanatique. La joue s'ouvrit complètement. Le Nazarni fut soudain pris d'une terreur abjecte lorsqu'il sentit sa mâchoire inférieure devenir à moitié folle. Il poussa un mélange de hurlement et de gargouillement informe et porta ses mains à son visage. Comme le moment n'était pas à la pitié, Blade en profita pour l'éventrer d'un coup bien ajusté.

— Laisse-moi au moins l'autre! s'exclama Lidjung assez fort pour qu'on puisse l'entendre au milieu de la cohue.

Blade hocha la tête et s'accroupit pour éviter la lame du fanatique écumant de rage. Celui-ci commit l'imprudence de perdre le Khorien de vue l'espace d'une seconde. Il se rendit compte de son erreur lorsqu'il sentit le fer pénétrer dans son flanc exposé.

La bataille n'avait pas commencé depuis plus de cinq minutes qu'une bonne trentaine de combat.ants des deux camps gisaient déjà dans de véritables mares de sang. Le capharnaüm était assourdissant, mêlant en un concert infernal les cris des blessés et les hurlements des soldats pris par la fureur du combat. Au fur et à mesure que les minutes s'écoulaient, tous ceux qui étaient encore debout devaient, sous peine de mort immédiate, faire attention aux nombreux cadavres qui encombraient le sol. Lidjung faillit bien perdre la vie après avoir glissé dans une flaque de sang et de viscères et ne dut son salut qu'à l'intervention de Blade.

Les Nazarnis tentèrent de couper en deux la masse de leurs adversaires, avec l'espoir visible d'isoler le princesse Tarra de Blade et du Khorien. L'entreprise échoua de peu car les agents du Yelana s'en rendirent compte à temps et jetèrent leurs dernières forces dans la bataille.

Celle-ci faillit même prendre mauvaise tournure pour les hommes de Blade car les Nazarnis se révélèrent bien plus déterminés et bien plus adroits que prévu. Mais le temps pressait et il fallait en finir, coûte que coûte. Blade et Lidjung se battaient comme des fauves, encourageant par leur exemple les restes du commando. Il fallut encore cinq bonnes minutes supplémentaires à celui-ci pour venir enfin à bout de la furie des Nazarnis qui avaient compris combien leur mission était importante.

Lorsque les soldats bleus en état de combattre furent moins d'une demi-douzaine, ils rompirent brusquement l'engagement et s'enfuirent en direction du passage qu'ils avaient emprunté pour couper la route aux fugitifs. L'un d'eux glissa sur un sabre traînant sur le sol et s'écroula par terre. Il crut sans doute sa dernière heure venue mais les agents du Yelana encore en vie le laissèrent se relever sans intervenir, tant ils étaient encore sous le choc du combat meurtrier qui venait d'avoir lieu.

Le bruit des pas des fanatiques s'éloigna et un silence accablant s'abattit sur les lieux de la bataille, perturbé de temps à autre par les gémissements et les appels des blessés.

Blade compta rapidement ses troupes. Il restait onze hommes valides en dehors de la princesse, de Lidjung et de lui-même...

— Que fait-on des blessés ? demanda le Khorien.

Blade serra les dents. Il savait qu'il allait devoir prendre une décision écœurante mais le salut de Tarra et la sécurité de cette chose que Nazarn avait présentée comme étant l'Œil de Zanthun étaient plus importants que tout le reste : trop de vies en dépendaient...

— Pas de quartier pour les Nazarnis, lâcha-t-il.

— Et pour les nôtres ? fit Lidjung à mi-voix.

Blade détourna la tête et jeta un regard circulaire sur les restes du massacre qu'éclairaient à peine les deux torches qui avaient échappé à la destruction.

— Ceux qui peuvent marcher assez vite viennent avec nous. Achevez proprement les autres. Je regrette, mais on n'a pas le temps de s'occuper d'eux...

Lidjung acquiesça, le visage fermé.

— De toute manière, ils étaient condamnés. Et il vaut mieux que ce soit nous qui nous en occupions que ces chiens lorsqu'ils reviendront par ici...

Blade ne répondit rien et se dirigea vers la princesse qui était adossée contre le mur. Tarra serrait l'Œil éteint de Zanthun comme s'il avait été son enfant et elle prit un air incrédule quand elle vit les survivants égorger tous les blessés qui râlaient sur le sol poisseux.

Blade la prit dans ses bras, et l'obligea à détourner le regard.

*
**

La suite de leur course vers le rendez-vous du port se déroula sans autre incident notable qu'une chute de l'un des rares blessés autorisés à suivre les restes du commando. L'homme heurta du pied une dalle descellée et plongea la tête la première. Il resta inconscient. Lidjung eut beau le secouer, il ne se réveilla pas.

— Est-ce qu'il va falloir..., commença le Khorien en levant les yeux vers Blade qui s'était approché.

Une lassitude s'empara de Blade.

— Laissons-le ici... S'il se réveille, il saura

où aller. Sinon, c'est que son sort est déjà réglé...

Lidjung poussa un soupir de soulagement et se releva. Il avait beau vivre dans un pays où la vie d'un homme avait quelquefois bien moins d'importance que celle d'un animal domestique, cela ne l'empêchait pas dc considérer la liquidation de blessés comme un acte déshonorant. Même s'il comprenait parfaitement le point de vue de cet étranger pour qui il éprouvait une admiration grandissante.

Quelques minutes plus tard, le petit groupe arrivait enfin au terme de sa fuite souterraine.

Tarkeh avait longuement expliqué à Blade la configuration de l'endroit où il devait aboutir. Le souterrain s'arrêtait brusquement sous un quai en bois et il fallait soit se jeter à l'eau, soit être attendu par une barque pour retrouver l'air libre. Inutile de dire à quel point le rendez-vous avec l'embarcation envoyée par le seigneur Troon était important... Seuls Lidjung, Tarra et Blade devaient y prendre place. Quant aux restes du commando, il avait été prévu que les survivants s'enfuient discrètement à la nage car la présence de plusieurs barques aurait sérieusement manqué de discrétion.

Portant la torche de tête, Blade fut le premier à apercevoir la fin du souterrain. De nombreuses flaques d'eau sale avaient déjà annoncé que la surface du Tyrd était proche.

Blade se retourna vers les autres et leur dit d'éteindre les deux autres torches et de faire le moins de bruit possible.

Les ténèbres se refermèrent donc sur l'arrière du petit groupe pendant qu'il parcourait les derniers mètres qui le séparaient encore de l'eau noire qui clapotait contre les piliers supportant le quai. Plusieurs coques sombres étaient amarrées contre celui-ci.

Mais l'embarcation promise par Troon n'était pas là.

— Le bâtard ! souffla Lidjung. Il nous a floués !

Blade secoua la tête.

— Je ne crois pas. Il y a dû avoir un problème quelconque. S'il nous avait trahi, nous serions tombés sur un nid de fanatiques...

Tarra s'était approchée elle aussi. Le désespoir se lisait sur son visage mal éclairé par la torche. Blade allait lui dire quelque chose de réconfortant quand Lidjung posa sa main sur son bras droit.

— Ecoute, l'ami, on vient ! murmura le Khorien.

Quelques secondes plus tard, l'étrave de la barque envoyée par Troon émergeait des ténèbres.

CHAPITRE XVI

Troon fixa le ciel sans lune comme s'il essayait de lire son avenir dans les étoiles immobiles. A cet instant précis, il savait que les dés étaient jetés. Il avait fait ce qu'il avait pu et tout dépendait maintenant de l'habileté de cet étranger qui évitait de nommer son pays d'origine et que le roi du Yelana avait envoyé à Dryden. Ce Richard Blade était visiblement un homme hors du commun et si lui ne réussissait pas, c'est que l'affaire était impossible...

Une faible brise un peu fraîche balaya soudain la terrasse sur laquelle se tenait Troon. Celui-ci frissonna légèrement mais n'envisagea pas de rentrer à l'intérieur de la maison pour échapper aux attaques de l'atmosphère nocturne. La seule chose qu'il fit fut de se tourner en direction du Temple de Zanthun.

D'où il se trouvait, Troon était incapable de discerner le moindre signe du coup de main des agents du roi Menkh. La folie paraissait toujours régner dans les rues concentriques de la capitale rebelle. Il pouvait entendre clairement les cris hystériques des fanatiques du dieu sanguinaire qui laissaient libre cours à leur joie imbécile, surveillés par le regard rougeoyant de l'énorme crâne de pierre accroché au-dessus du Temple.

Troon fixa la représentation géante de la Mort et lui adressa un sourire de défi.

— Profites-en bien..., dit-il à mi-voix car, quoi que ce dément fasse maintenant, tu n'en as plus pour longtemps.

A cet instant, un léger bruit fit se retourner le seigneur nazarni. Et il vit surgir une silhouette de l'ombre. Puis plusieurs autres. Toutes étaient armées.

— Le Prophète ne s'était donc pas trompé..., fit la première d'entre elles en arrivant dans l'avancée de lumière qui sortait de la porte donnant sur la terrasse. Je viens de t'entendre, chien galeux hérétique et tu as signé ton arrêt de mort par ces paroles impies !

***

Les soldats avaient traîné Troon jusqu'au Temple au travers de la foule vociférante. Personne n'avait fait attention au groupe car les arrestations faisaient depuis longtemps partie du paysage quotidien de la vie dans la province rebelle. Troon avait été tiré comme un animal domestique renâclant à être conduit à l'abattoir : il savait ce qui allait lui arriver et s'en voulait de ne pas avoir été plus prudent, même s'il ne savait pas encore d'où était venue la dénonciation. Il espérait seulement que le commando avait réussi...

Troon comprit que Blade et ses hommes avaient dû au moins contrarier les plans de Nazarn quand ses agresseurs l'obligèrent à traverser la cour intérieure du Temple. Là aussi, l'agitation était partout mais elle était d'un genre différent de celui de la rue : des patrouilles allaient et venaient, l'air préoccupé, à la lueur des énormes torches accrochées sur toute la surface du Temple et l'édifice tout entier venait d'être ceinturé par un cordon militaire. Des rumeurs ne tarderaient pas à faire leur chemin dans la ville si Blade avait réussi. Mais cela, c'était le travail de Tarkeh. S'il était encore de ce monde...

Juste avant d'être poussé dans le Temple, Troon eut la tête enfermée dans un sac, ce qui était bon signe et la preuve qu'on avait des choses importantes à lui cacher...

Un des gardes arracha le sac et le seigneur nazarni cligna des yeux avant de se réhabituer à la lumière. Il se trouvait dans une pièce dénuée de tout ameublement à l'exception d'un siège de pierre et d'une simple natte posée à même le sol. Une pièce dans laquelle Troon n'était jamais entré auparavant mais qu'il connaissait bien de réputation : la cellule de Nazarn.

Le visage ridé du Prophète affichait un masque de haine à l'état pur. Troon remarqua qu'il avait un bras bandé en écharpe.

— Excrément humain ! s'égosilla Nazarn. Je sais que tu m'as trahi et que tu étais derrière l'ignoble attentat de cette nuit ! N'essaye pas de nier, je sais tout !

Troon sentit la poigne des soldats qui l'immobilisaient entre eux se resserrer sur ses bras. Il s'aperçut avec amusement qu'ils devaient être plus effrayés que lui.

— Il y a donc eu un attentat ? fit le seigneur nazarni sur un ton faussement étonné. J'avoue que...

— Je t'ai dit qu'il était inutile de nier. Un de tes esclaves t'a vendu mais trop tard pour empêcher le massacre de mes fidèles et la fuite de la putain royale !

L'annonce de la réussite de Blade délivra Troon d'un grand poids. Il allait répondre lorsqu'il s'aperçut que, pour la première fois, il voyait le Prophète sans l'Œil de Zanthun. Il n'eut besoin que d'un instant pour comprendre que ce damné étranger n'avait pas fait qu'emmener la princesse de Khor... Et il ne put s'empêcher d'éclater de rire.

— Tu es fini, Prophète de malheur. *Fini*, tu entends ! rit-il de plus belle. Dès demain matin, tes soi-disant fidèles vont s'apercevoir que ton prétendu dieu t'a abandonné, qu'il n'a même pas été capable d'empêcher qu'un étranger te vole son Œil ! Je comprends maintenant pourquoi tu piailles comme une volaille effarouchée. Adieu, la belle voix tonnante, adieu, la puissance surnaturelle qui a trompé tant de gens et causé tant de morts. Le spectacle est fini pour toi !

Troon sentit que les gardes qui le tenaient étaient soudain traversés par un doute. Ce seul signe lui montra qu'il avait raison et il regretta de devoir mourir avant l'écrasement du monstrueux vieillard.

— Aussi vrai que je m'appelle Nazarn, tu vas regretter tes paroles, traître ! s'écria le Prophète en se levant tant bien que mal sur ses jambes douloureuses.

Troon se redressa et son regard clair défia son adversaire.

— Nazarn ? Qui te donne le droit de prendre le nom de notre patrie ? Pour moi tu n'existes déjà plus et, dès demain, le peuple te fera payer tout le sang que tu as fait verser !

Ce fut au tour du Prophète d'éclater d'un rire mauvais.

— Le peuple n'est qu'un ramassis d'imbéciles crédules que mes fidèles soldats sauront remettre à sa place. Abattez-moi ce chien sur-le-champ, ordonna-t-il alors aux gardes qui maintenaient Troon. Tout de suite !

Les deux hommes se jetèrent un regard hésitant avant de tirer leurs dagues et c'est dans cette hésitation que Nazarn vit la première manifestation du destin qui l'attendait.

CHAPITRE XVII

La barque glissait sans bruit, emportée par le faible courant du Tyrd. Tout s'était passé comme prévu à l'embouchure du souterrain. Blade, Tarra et Lidjung avaient rejoint les deux bateliers et fait leurs adieux aux survivants du commando qui allaient devoir se plonger dans les eaux visqueuses du port pour rejoindre des endroits qui leur étaient familiers et disparaître dans la nature, leur dangereuse mission menée à bien.

Alors que l'embarcation s'éloignait d'eux, Blade leur fit un signe de la main dans l'obscurité presque totale et eut une pensée émue pour tous ceux qui avaient été tués à la suite de l'accrochage avec le détachement de fanatiques. Mais rien ne pouvait ramener les morts à la vie et le meilleur hommage qu'il pourrait jamais leur rendre serait de réussir complètement ce pourquoi les agents du Yelana avaient donné leur vie.

La traversée du port était à la fois facile et

dangereuse. Facile parce qu'il suffisait de se laisser porter avec assez de naturel pour ne pas paraître suspect et dangereuse car, au moindre soupçon de la part d'éventuels guetteurs, ils n'auraient aucune sortie de secours et seraient tués ou faits prisonniers dans les minutes qui suivraient leur découverte.

Emmitouflée dans le manteau volé au prêtre lors de la fuite du Sanctuaire. Tarra ne regardait pas défiler les coques sombres des navires à quai mais semblait hypnotisée par le crâne géant suspendu dans le ciel sans lune. Blade vint s'asseoir à côté d'elle.

— Si tout se passe bien, nous serons tirés d'affaire dès le lever du jour. Qui penserait à s'en prendre à de paisibles pêcheurs en train de descendre le fleuve ? ajouta-t-il en montrant du doigt le ballot de tissu à l'avant de la barque et qui contenait de nouveaux déguisements pour eux.

La princesse hocha vaguement la tête. Sans pour autant quitter des yeux le crâne de pierre planté au sommet de la flèche du Temple. Blade comprit qu'elle était encore sous le choc et préféra la laisser en paix. La seule chose qu'il fit fut de lui prendre l'Œil de Zanthun et d'aller poser celui-ci près du ballot de tissu dans la nuit.

— Tu as vraiment réussi un coup de maître en volant ça à notre ami Nazarn..., murmura le Khorien. Il se pourrait bien que cette action d'éclat tue dans l'œuf la guerre sans merci qui allait éclater.

Blade jeta un coup d'œil aux deux bateliers qui manœuvraient silencieusement à l'arrière de l'embarcation et poussa un petit soupir.

— Disons que ça devrait un peu limiter les dégâts... Car je n'ai pas l'impression que le roi Menkh pardonne aussi facilement aux rebelles. Il y aura sans doute beaucoup d'exécutions dans la province du Sud et beaucoup d'actes abominables de la part des troupes royales. Mais on devrait au moins éviter l'apocalypse qui se préparait... C'est déjà ça !

La réflexion de Blade parut tirer Tarra de son rêve éveillé.

— J'essaierai de pousser mon futur époux dans la voie de la clémence, dit-elle, la gorge serrée. Après tout, s'il avait pris Nazarn au sérieux, il aurait pu venir à bout de la rébellion dès le début, avant que ce fou n'entraîne tout un peuple crédule !

Blade et Lidjung ne purent s'empêcher d'admirer la jeune femme qui parlait de pardonner, ou presque, ceux qui se faisaient une joie de son supplice moins d'une heure auparavant... Visiblement, le Yelana n'aurait pas à se plaindre de sa future reine.

Le silence les enveloppa à nouveau et le bateau poursuivit sa route. A un moment donné, il y eut de l'agitation sur les quais mais sans que les fugitifs semblent être concernés.

Le port de Dryden n'était pas assez important pour que sa traversée au fil de l'eau prenne plus d'une heure. Ils croisèrent plusieurs bateaux mais les équipages de ceux-ci étaient bien trop occupés à ramer à contre-courant pour observer de trop près une grosse barque comme la leur.

Une fois parvenus à un bon kilomètre en aval de la capitale, les fugitifs mirent le cap sur la berge du fleuve. L'endroit où ils accostèrent était assez sinistre en pleine nuit mais avait l'avantage d'être complètement désert. C'était là que leur chemin et celui des bateliers se séparaient. Les deux hommes restèrent taciturnes même dans leurs adieux et disparurent dans la nuit sans même un regard en arrière.

— Ne perdons pas de temps et habillons-nous ! fit Blade en ouvrant le ballot de tissu.

Quelques minutes plus tard, les trois fugitifs s'étaient métamorphosés en paisibles pêcheurs. Pour peaufiner un peu plus leur déguisement, Blade poussa même la conscience jusqu'à lancer à l'eau un des filets entreposés à l'arrière de la barque. Lidjung et lui refirent l'opération plusieurs fois et se retrouvèrent à la tête d'une petite cargaison de poissons au moment où les premiers signes de l'aube commençèrent à pointer à l'horizon.

— Avec ça, qui pourrait nous prendre

pour autre chose que des pêcheurs matinaux? sourit le Khorien en prenant leur plus belle prise par la queue.

Blade acquiesça et se dit que même Tarra, avec ses cheveux courts, ferait elle aussi illusion. Il sentit la tension accumulée en lui depuis la veille disparaître peu à peu au fur et à mesure que le jour se levait. D'après ses estimations, ils devraient sortir la nuit prochaine de la zone contrôlée par les rebelles. A condition que ceux-ci n'aient pas entamé leur poussée vers le nord.

Et pourtant, une petite voix installée dans un coin de son esprit ne cessait de lui souffler d'être prudent. Et d'éviter de rester trop en vue sur le fleuve.

Une heure plus tard, Blade comprit qu'il avait eu une nouvelle fois une de ces intuitions qui lui avaient valu d'être encore en vie alors que bien d'autres seraient déjà morts...

Le paysage aux abords du Tyrd était toujours aussi pelé et moutonneux. Cependant, une bande fertile courait le long des rives sur une largeur d'un à deux kilomètres. Des paysans y travaillaient, apparemment insouciants de la guerre et des malheurs qui risquaient de s'abattre sous peu sur eux. De temps à autre, des groupes de soldats à pied ou montés sur des oxys plus lestes que ceux du désert apparaissaient au détour d'un champ.

Il arrivait aussi que les fugitifs croisent d'autres embarcations de pêcheurs se déplaçant le long des amas de roseaux qui bordaient les berges mal délimitées. La plupart du temps, la rencontre était marquée par un signe de la main. Une seule fois, les autres pêcheurs crièrent quelque chose à Blade, juste avant un coude du fleuve, et ce fut pour lui annoncer qu'un barrage flottant venait d'être établi pour empêcher une éventuelle attaque par le fleuve menée par les bateaux ancrés à Kardyos...

Blade remercia l'homme puis se rassit, l'air de rien, à l'avant de la barque.

— Lidjung, dit-il, rapproche-toi discrètement des roseaux. Il ne faut pas qu'on nous voie du barrage, tu entends ?

Le Khorien hocha la tête et le bateau commença à dériver lentement vers la végétation exubérante de la berge. Le coup fut suffisamment bien calculé pour que la barque disparaisse de la vue des autres pêcheurs juste au moment où elle atteignait la courbe du fleuve. Les roseaux la cachèrent au même instant aux regards des veilleurs du barrage.

Blade aida Lidjung à la faire entrer complètement dans l'amas de végétation. Puis les deux hommes vérifièrent qu'on ne pouvait les apercevoir de la rive. Ensuite, ils écartèrent doucement le rideau de roseaux pour jeter un coup d'œil sur le barrage.

Celui-ci était composé de huit bateaux

ancrés en travers du Tyrd et reliés entre eux par une série de gros filins mis côte à côte. L'ensemble était assez large pour permettre aux soldats nazarnis d'aller et venir entre les bateaux.

— Comment allons-nous passer ? demanda Tarra avec une trace d'angoisse dans la voix.

Blade ne répondit pas immédiatement, l'esprit occupé par divers calculs. Une fois qu'il eut une réponse approximative à ses questions, il laissa les roseaux reprendre leur place initiale.

— Alors ? demanda Lidjung. Qu'est-ce qu'on fait, on tente l'affaire par la terre ferme ?

Blade secoua la tête.

— Ce serait courir au suicide. Les parages du barrage doivent grouiller de soldats nazarnis qui ne doivent sûrement pas être au courant de ce qui s'est passé cette nuit au Temple.

— Donc, nous sommes bloqués ici ! fit Tarra.

Blade eut un rapide sourire.

— Peut-être pas. Vous savez nager, tous les deux ?

*
**

Blade fut le premier à émerger de l'autre côté du barrage. Il sortit lentement la tête hors de l'eau et évita de trop faire bouger les roseaux. Il avait beau se trouver maintenant à une centaine de mètres en aval du barrage, il n'en était pas pour autant à l'abri d'un veilleur au regard perçant. Mais il savait qu'il ne pouvait pas demander à Tarra d'aller plus loin... Il lâcha le roseau qui lui avait permis de respirer sans sortir la tête de l'eau et s'assura que le sac contenant l'Œil de Zanthun était toujours fixé à sa ceinture. Puis un mouvement de l'eau annonça l'arrivée de la jeune femme.

Tarra sortit la tête parmi les plantes et ne put s'empêcher de tousser.

— J'ai avalé de l'eau..., chuchota-t-elle en jetant des regards inquiets autour d'elle.

Blade s'empressa de la rassurer.

— Apparemment, il n'y a personne dans le coin. Mais évite de faire trop bouger les roseaux, on ne sait jamais...

Ils s'immobilisèrent et attendirent avec inquiétude l'arrivée de Lidjung. Car, juste au moment de quitter l'embarcation, le Khorien leur avait avoué, suivant son expression, qu'il nageait à peine mieux que son sabre. Mais il avait tenu à les accompagner en prétextant qu'il n'avait de toute façon pas d'autre solution que de tenter l'aventure. Et maintenant, voilà qu'il ne réapparaissait plus...

— J'ai peur qu'il ne lui soit arrivé quelque chose, souffla la princesse en se rapprochant de Blade.

Celui-ci eut une grimace et s'avança jusqu'à la limite des roseaux pour scruter la surface du fleuve au cas où Lidjung aurait dérivé après être passé entre les bateaux. Il ne vit rien. Il allait rentrer à l'abri lorsqu'il entendit des cris sur le barrage.

Il fronça les sourcils et regarda mieux dans cette direction. Il vit alors des hommes courir et sauter à l'eau pour obliger ensuite une silhouette à remonter sur le bateau le plus proche. Vu la distance, il ne put reconnaître Lidjung mais il n'avait pas besoin d'être grand sorcier pour deviner que le Khorien s'était égaré sous l'eau et qu'il avait fini par se faire repérer d'une manière ou d'une autre par les sentinelles du barrage.

Lorsque Tarra vit revenir Blade, elle comprit tout de suite ce qui venait d'arriver.

— Il s'est fait prendre, n'est-ce pas ? demanda-t-elle avec tristesse.

Blade acquiesça.

— Oui. Mais je crois qu'il sera assez rusé pour faire durer sa détention jusqu'au moment où Nazarn tombera comme un fruit pourri. Lidjung fait partie de ces hommes que la mort fuit systématiquement..., ajouta-t-il comme pour se rassurer lui-même.

— Tous ces morts à cause de moi..., souffla Tarra. Ne suis-je donc là que pour semer le malheur ?

Blade s'aperçut qu'elle pleurait et la serra

contre lui pour tenter de lui remonter le moral.

— Cette histoire dépasse de beaucoup les simples mortels que nous sommes, lui murmura-t-il dans l'oreille. Et, quoi qu'il arrive, il faut que nous parvenions sains et saufs à Kadyos ! Dans quelques heures, nous serons en sécurité...

La jeune femme hocha la tête et Blade vit qu'elle reprenait confiance malgré cette nouvelle perte qui la touchait de près.

Un peu plus tard, Blade trouva un tronc d'arbre échoué qui lui sembla suffisant pour les supporter tous les deux et leur permettre de poursuivre leur descente du fleuve, dissimulés dans les branchages feuillus qui hérissaient l'arbre coupé peu de temps auparavant et abandonné sur la berge pour une raison inconnue.

***

L'arbre, encore vert, flottait juste assez pour soutenir Blade et Tarra. À plusieurs reprises, les branches immergées s'accrochèrent à des hauts-fonds, les immobilisant momentanément. Une fois, Blade dut même plonger discrètement pour décoincer une branche qui s'était prise entre deux rochers. Mais c'était là le prix à payer pour s'évader discrètement de la province rebelle...

Vers la fin de la journée, ils atteignirent la zone où avaient eu lieu les combats entre les fanatiques et les détachements armés que le roi Menkh avait cru suffisants pour venir à bout des Nazarnis au début de leur rébellion. Les soldats à la tunique rouge s'étaient fait massacrer par les fanatiques de Zanthun mais les combats avaient duré assez longtemps pour que la région soit dévastée.

Blade contempla les champs et les villages brûlés tout en se disant qu'ils approchaient de la fin de leur calvaire. Il savait qu'ils n'allaient pas tarder à quitter la région contrôlée par les hommes de Nazarn. Maintenant qu'ils avaient doublé l'ancienne frontière de la province du sud, ce n'était plus qu'une question d'heures...

La seule chose qui inquiétait Blade était l'état de fatigue dans lequel se trouvait la princesse. Tarra avait été durement éprouvée par les événements de ces derniers jours et était visiblement épuisée. Elle avait de larges cernes sous les yeux et s'accrochait aux branches avec l'énergie du désespoir.

Quand elle craqua, Blade était en train d'observer les roseaux de la rive et il faillit bien ne pas s'en apercevoir. Ce qui l'alerta fut un brusque regain de flottabilité de l'arbre. Il tourna vivement la tête et se rendit compte que Tarra s'était laissée glisser dans l'eau un peu trouble du Tyrd.

Blade plongea immédiatement en remontant un peu le courant. Il mit plusieurs secondes avant d'apercevoir le corps inerte de la jeune femme. Il empoigna celle-ci au-dessous des bras et remonta à toute vitesse vers la surface en priant pour que personne ne les voie. Lorsqu'ils émergèrent, l'arbre était déjà trop loin pour que Blade puisse espérer le rattraper avec son fardeau humain. Il ne lui restait plus qu'une seule solution : regagner au plus vite la rive et l'abri offert par les amas de roseaux.

Par bonheur, personne ne les vit. Une fois dans les roseaux, Blade traversa ces derniers en évitant au maximum de les faire bouger et finit par atteindre la terre molle de la berge. Il laissa Tarra reprendre son souffle en toussant pour sortir de l'abri de la végétation luxuriante et jeter un coup d'œil en dehors.

Bizarrement, il n'y avait personne en vue. Le paysage était marqué par des traces de bataille et, non loin de là, près d'un bosquet à moitié noirci se dressaient les restes d'une cabane dévorée par un incendie.

Dans l'état où se trouvait la jeune femme, la seule chose qui restait à faire était d'aller s'y dissimuler jusqu'à la tombée de la nuit, le temps qu'elle prenne quelques heures de sommeil réparateur avant de reprendre leur route vers Kardyos...

CHAPITRE XVIII

Blade regarda le corps étendu de Tarra et ne put s'empêcher de le caresser du bout des doigts. Il avait déshabillé la jeune femme pour éviter qu'elle ne prenne froid dans ses vêtements mouillés et maintenant, il éprouvait une bouffée de désir en voyant les formes excitantes de la belle endormie. Ses doigts passèrent des seins épanouis au ventre avant de se perdre dans le doux buisson du pubis. Tarra bougea légèrement et écarta un peu les cuisses, juste assez pour que la main de Blade poursuive son exploration. Au bout d'un instant, la jeune femme se mit à gémir et se cambra légèrement, les yeux toujours fermés. Puis elle poussa un petit cri de jouissance avant de retomber dans un profond sommeil. Elle n'avait pas ouvert les yeux...

Blade eut un petit sourire et se retourna pour voir si personne ne venait. La cabane était une ruine calcinée mais elle pourrait les protéger des regards indiscrets tant que ceux-ci resteraient assez éloignés.

Une fois qu'il fut certain de leur solitude, Blade reporta son attention sur l'Œil de Zanthun et décida de l'observer de près maintenant qu'il avait un peu de temps devant lui. Il empoigna donc le sac et sortit de la cabane, autant pour laisser Tarra dormir tranquille que pour s'installer à un endroit où il pourrait surveiller les alentours. Il choisit la bordure du bosquet d'arbres, à l'opposé des ruines.

Là, il s'assit, jeta un dernier regard circulaire sur le fleuve et ses environs puis ouvrit le sac.

La sphère cristalline était toujours éteinte mais son long séjour dans l'eau ne semblait pas l'avoir abîmée. Blade la fixa longuement en se demandant quelle pouvait bien être son origine. Une chose était certaine, c'était qu'elle n'avait jamais été l'Œil du dieu sanguinaire car l'orbite de la statue qui se dressait dans le Sanctuaire n'était ni de la même taille ni de la même forme. Donc, c'était un objet que le soi-disant Prophète avait amené avec lui, un objet qui semblait avoir l'étrange pouvoir de transformer à la commande un être chétif et ridé en véritable chef spirituel doué de pouvoirs quasi hypnotiques sur ses fidèles...

D'autre part, se posait aussi le problème de l'origine de Nazarn. Tous ceux qui lui en avaient parlé avaient toujours dit à Blade que celui-ci semblait être venu de nulle part. Autre signe : le physique du « vieillard » qui n'avait rien à voir avec celui des indigènes...

Tout cela faisait bien des mystères à éclaircir, se dit Blade. Et le mieux qu'il avait à faire en attendant de reprendre la route de Kardyos était d'examiner de plus près la sphère de cristal.

Blade scruta donc attentivement la surface transparente. Au début, il ne découvrit rien mais son intuition le poussa à recommencer son examen avec une telle intensité qu'il eut bientôt mal aux yeux. Il allait abandonner lorsqu'il trouva soudain un minuscule carré délimité dans le cristal par des lignes pratiquement imperceptibles.

Ne sachant pas trop quoi faire, Blade appuya à tout hasard sur le carré presque invisible.

Tout à coup, la sphère se remit à briller avec un éclat intense et aveuglant. Sous l'effet de la surprise, Blade la lâcha et elle alla rouler sur la terre qui descendait en pente du bosquet.

Stupéfait, Blade vit alors l'Œil de Zanthun s'ouvrir en deux comme une noix. La source de lumière parut décupler de puissance, obligeant Blade à détourner une nouvelle fois le regard. Puis, un rayon lumineux blanc, fin comme un crayon surgit du centre de l'objet ouvert en deux et fila vers le ciel.

Blade retint son souffle. Il était en train

d'hésiter quand il entendit Tarra pousser un cri perçant. Immédiatement, il abandonna la mystérieuse sphère et se rua vers la cabane en ruines.

Il trouva la jeune femme assise, l'air hagard.

— Bon sang ! s'exclama-t-il, qu'est-ce qui s'est passé ?

Tarra cligna des yeux et parut revenir sur terre.

— Un cauchemar... murmura-t-elle. J'ai cru que tout allait recommencer que...

Soudain, un bruit sourd éclata à l'extérieur, lui coupant la parole.

Blade se redressa et se précipita vers la porte à demi démolie. Il n'eut pas à chercher longtemps car une lueur immense s'élevait de l'autre côté du bosquet, là où il avait abandonné la sphère.

— Tarra, habille-toi ! ordonna-t-il à la jeune femme sans se retourner. Vite !

La princesse protesta que ses vêtements étaient trempés mais Blade lui souffla d'obéir sans discuter. Lorsqu'elle fut prête, elle vint voir ce qui se passait.

— Par tous les Dieux, qu'est-ce que c'est ? murmura-t-elle en apercevant la boule de lumière de plus de quinze mètres de diamètre qui brillait derrière les arbres.

Au même instant, la luminosité aveuglante commença à décroître et quelque chose souffla à Blade qu'il allait devoir rester extrêmement prudent. Il se tourna vers Tarra.

— Ecoute-moi bien, lui dit-il à voix basse. La seule chose que je peux te dire c'est que cette lumière à un rapport avec ce fichu Œil de Zanthun. Je l'ai bricolé et j'ai l'impression que j'ai déclenché quelque chose de bizarre, de dangereux peut-être. Alors, je vais retourner là-bas pour voir ce qui se passe. Toi, tu ne bouges pas d'ici et tu m'attends. Mais si jamais je ne suis pas revenu lorsque le soleil sera passé de l'autre côté du fleuve, tu t'enfuis d'ici sans t'occuper de rien. Les lignes yelaniennes ne doivent pas être loin et tu auras toutes tes chances.

La princesse resta sans voix en le regardant comme si elle n'avait pas compris un traître mot de sa tirade. Blade se pencha et l'embrassa vivement avant de disparaître à l'extérieur.

***

Blade n'était pas au bout de ses surprises quand il arriva à la lisière du bosquet en se dissimulant du mieux possible parmi la végétation calcinée.

La boule de lumière gigantesque continua à perdre de la luminosité jusqu'à devenir enfin transparente. Et Blade découvrit avec stupéfaction que l'Œil de Zanthun gisait maintenant à côté d'une sphère cristalline géante au centre de laquelle deux hommes étaient assis !

Une portion de la paroi de la mystérieuse machine s'ouvrit et les deux hommes en combinaison verte et au crâne rasé descendirent à terre.

L'estomac serré, Blade s'accroupit derrière un tronc et tendit l'oreille pour essayer d'entendre ce que disaient les deux étrangers.

Ceux-ci s'approchèrent de l'Œil de Zanthun, qui s'était lui aussi éteint, et le ramassèrent avec précaution. Puis ils scrutèrent lentement le paysage autour d'eux.

— Ce dément a fini par appuyer sur la balise de l'activateur psychique..., dit alors le plus grand des deux inconnus. J'espère qu'il n'a pas eu le temps de ravager ce pays.

L'autre hocha la tête.

— Je l'espère aussi, mais il me semble qu'il y a des traces de combats dans les environs... Dommage que notre module de communication avec Ixtro soit en panne. On aurait pu demander des renforts pour mettre la main sur lui plus facilement.

Son compagnon poussa un soupir.

— Il va falloir être discrets... J'ai consulté les mémoires de la nef, cet univers n'est pas répertorié.

Dissimulé derrière son arbre, Blade suivait la conversation avec une stupéfaction grandissante. Ainsi, les hommes qu'il voyait venaient d'une autre Dimension X !

Incroyable... Mieux, *ils possédaient des appareils pour passer d'un univers à l'autre !*

Blade ferma les yeux un instant et imagina la tête que feraient J et Lord Leighton en apprenant ça...

Il imagina ensuite la tête que les deux hommes feraient si, par hasard, il parvenait à leur *ramener* cet engin transparent.

Au même instant, son esprit enregistra deux phénomènes bien distincts : un cri de joie de Tarra et les premiers symptômes annonçant que les ordinateurs de la Tour de Londres venaient de le localiser.

CHAPITRE XIX

Lord Leighton fixa avec des yeux éberlués le carnage qui s'étalait au fond de la salle des ordinateurs. Son corps recroquevillé fut pris de tremblements incoercibles et J crut que le plus grand génie qu'ait jamais enfanté l'Angleterre dans le domaine de la physique allait être terrassé par une attaque cardiaque. Le chef du MI-6 s'approcha du vieillard à demi paralysé et s'empressa d'essayer de le calmer.

Lord Leighton parvint enfin à pousser un couinement de rongeur pris au piège, preuve qu'il reprenait ses esprits. Machinalement, J leva les yeux et vit que la grosse sphère de lumière perdait de l'intensité. Lorsqu'elle ne fut plus que du cristal transparent, une portion de sa surface s'ouvrit et Blade descendit au milieu des débris de la cabine de translation qui avait complètement explosé lors de la matérialisation de la nef cristalline.

— Richard, qu'est-ce que..., commença J.

Blade poussa un soupir et essuya la sueur qui coulait sur son front. Mais quand il vit les deux vieillards médusés, il ne put s'empêcher de rire.

— N'ayez crainte, je vais tout vous expliquer, leur assura-t-il. Et vous allez comprendre que ce que je ramène vaut bien les quelques menues détériorations que j'aperçois autour de moi...

— Les *menues détériorations!* s'étrangla Lord Leighton.

***

Lorsque Tarra avait crié, Blade s'était retourné pour voir surgir une douzaine de soldats à tunique rouge derrière la cabane. Deux d'entre eux pénétrèrent dans les ruines et découvrirent la princesse. Celle-ci dut être convaincante car elle ressortit avec eux et leur désigna Blade. Immédiatement, les cinq archers du groupe se portèrent dans le bosquet attaqué par le feu.

Une douleur fulgurante traversa alors le crâne de Blade, l'empêchant momentanément de parler. Il eut juste le temps de désigner la sphère de cristal géante avant de tomber à genoux.

Les agents d'Ixtro sursautèrent en entendant les cris et le remue-ménage qui agitaient le bosquet. Ils se regardèrent en fronçant les sourcils et hésitèrent sur la conduite à tenir. Et cette brève hésitation leur fut fatale.

En effet, les archers Yelaniens avaient mal interprété le geste de Blade : ils crurent que les étrangers étaient des ennemis et tirèrent instantanément sur eux. Les deux silhouettes en combinaison reçurent chacune deux flèches dans la poitrine et s'effondrèrent sans un cri sur le sol.

Entre-temps, la douleur avait laissé un répit à Blade qui parvint à se relever. Quand il vit les corps transpercés, il poussa un juron et marcha en zigzag dans leur direction.

Les soldats du Yelana le regardèrent faire sans comprendre.

Blade fut à nouveau terrassé par la douleur à quelques mètres seulement de la sphère de cristal mais réussit à se relever. Maintenant que les deux agents étrangers avaient été tués par erreur, il n'avait plus qu'une idée en tête : ramener la nef transparente à Londres.

Lorsque les ordinateurs assurèrent complètement leur prise sur lui, il venait de s'écrouler à l'intérieur de la sphère géante.

*
**

Cette fois, Lord Leighton se trouva mal pour de bon. Le vieux savant s'effondra en avant et serait tombé de son fauteuil si J ne l'avait pas retenu.

— Richard, par Dieu, vous devriez éviter

ce genre de choc. Notre ami n'est plus assez jeune pour les supporter !

Blade acquiesça, l'air gêné et ne se détendit que lorsque Lord Leighton releva la tête.

— Vous dites que cet... engin est capable de passer d'une dimension à une autre ? bredouilla le vieux savant.

— C'est ce que j'ai cru comprendre, Monsieur. Les gens qui l'ont construit viennent d'un pays ou travaillent pour une organisation qui s'appelle Ixtro. C'est tout ce que je sais d'eux...

J fit un pas en avant, l'air préoccupé.

— Avaient-ils l'air belliqueux ? demanda-t-il à Blade.

Celui-ci haussa les épaules.

— Je n'en sais rien, à vrai dire. La seule chose dont je suis sûr est qu'ils recherchaient un fou dangereux qui s'était visiblement échappé de leur univers pour venir semer la destruction dans un pays barbare en se faisant passer pour le Prophète d'un dieu sanguinaire. Mais je vous raconterai ça en détail plus tard, après un bon bain et un bon scotch...

— Et vous pensez qu'ils ne pourront pas suivre leur engin à la trace et venir jusqu'ici ? le questionna à nouveau J qui n'avait pas perdu ses réflexes d'agent secret.

Blade secoua la tête.

— Je les ai entendu dire que leur système de transmission était grillé. Donc je ne pense pas que nous risquions quoi que ce soit...

Lord Leighton se tourna alors vers J. Le vieillard paralysé affichait maintenant un visage rayonnant.

— Vous rendez-vous compte, mon ami, du cadeau que vient de nous faire votre superman ? Si jamais je trouve comment fonctionne cette sphère transparente, la route des univers parallèles est définitivement ouverte à l'Angleterre ! Et l'Empire renaîtra enfin, étendu sur des milliers de mondes !

L'exaltation de Lord Leighton amusa Blade. Mais l'image qui s'inscrivit alors dans son esprit fut celle du visage souriant de la princesse Tarra qui allait devenir reine grâce à lui...

Notre Univers, né d'une explosion cosmique, a vu sa vitesse d'expansion stopper. Pire, il commence à se rétracter !
Les étoiles se rapprochent. La Terre est condamnée.
Une folie s'empare alors des peuples qui refusent de participer plus longtemps à un système désormais moribond.
Tout s'arrête.
Vient le temps de l'Après-Civilisation. L'obscurantisme. Le règne de la férocité, de la violence.
Pourtant, il faut bien survivre en attendant la Grande Déflagration.
Enfant, parce qu'il avait la vélocité du Jaguar, on l'a surnommé

JAG

Seul un véritable fauve peut subsister dans cette nouvelle dimension sauvage.

N° 1 : Jag Le Félin*
N° 2 : Le collier de la honte
N° 3 : La compagnie des os
N° 4 : La poudre de la vie

* Ce titre est vendu avec le Blade n° 47 *Les deux reines de Drako.*

LES ANTI-GANGS

Les Anti-gangs, une équipe d'hommes durs et implacables qui tuent et se font tuer dans un combat sans merci.

DÉJÀ PARUS :

AUGUSTE LE BRETON :

Nº 1 : L'AS DES ANTI-GANGS
Nº 2 : L'AS ET BELLES CHAUSSURES
Nº 3 : L'AS ET LE CASSE DU SIÈCLE
Nº 4 : L'AS ET LA MARQUISE
Nº 5 : L'AS ET L'ENNEMI PUBLIC
Nº 6 : L'AS ET LES TERRORISTES
Nº 7 : L'AS AU SÉNÉGAL
Nº 8 : L'AS ET LES MALFRATS

GEORGES PIERQUIN :

Nº 9 : LE PLUS SALAUD DES TROIS
Nº 10 : LA POLKA DES RINGARDS
Nº 11 : LE POULET A L'ARMORICAINE
Nº 12 : BASTOS A LA VOLÉE
Nº 13 : TROIS MÉDUSÉS DANS UN RAFIOT
Nº 14 : DES POULETS ET DES HOMMES
Nº 15 : CES DAMES DU SALOON
Nº 16 : TACATA ET FUGUE EN RÉ
Nº 17 : DE L'EAU DANS LE GAZOLE
Nº 18 : BARBE-BLEUE, SATAN AND Cº
Nº 19 : LA POULE AUX YEUX D'OR
Nº 20 : RAS-LE-SAC
Nº 21 : ÇA BARDE A CAMBRONNE
Nº 22 : MISE EN BIÈRE-PRESSION
Nº 23 : CAR L'OS C'EST CARLOS
Nº 24 : LE PRIX DU SANG
Nº 25 : LA PEAU DE LA PANTHÈRE
Nº 26 : MAIN BASSE SUR L'AUTOROUTE
Nº 27 : MISSION EN TROIS POINTS
Nº 28 : QUAND LES SOURIS DANSENT
Nº 29 : CINQ MILLIARDS AU BOUT DU COLT
Nº 30 : FESTIVAL D'AZUR ET DE SANG
Nº 31 : LE GANG DES POSTICHES
Nº 32 : LE PENDU HORIZONTAL
Nº 33 : LA MORT EN SOMMEIL
Nº 34 : DU MOURON POUR LA JOCONDE
Nº 35 : LA BELLE DU 18 JUIN
Nº 36 : OPÉRATION KIWI

Achevé d'imprimer en janvier 1986
sur les presses de l'Imprimerie Bussière
à Saint-Amand (Cher)

— N° d'édit. 11391. — N° d'imp. 3114. —
Dépôt légal : février 1986.

Imprimé en France